中華文化思想叢書

楊樹達訓詁研究

上冊

卞仁海　著

目次

序一

王彥坤

　　卞君仁海曩從余遊，讀碩攻博，六載於茲。今其書《楊樹達訓詁研究》行將付梓，索序，余欣然以允之。卞君此書在其博士學位論文基礎上修訂而成，研究遇夫先生訓詁，條分縷析，面面俱到，要言不煩，甚有理致。而余以為尤值得稱道者，有數事焉：其一，是書以現代訓詁名家楊遇夫之著作為研究物件，實開訓詁學研究之新篇章。長期以來，訓詁學研究主要集中於若干名著大家，非《爾雅》、《方言》，即許慎、鄭玄；非金壇高郵，即俞孫章黃。其研究頗多重複，徒費精神；猶舔肉盡之骨，滋味無多。又舍近而求遠，于近、現代，章黃之外，幾為遺忘矣。然近、現代處語言學轉型之期，西學東漸，催生科學新方法，甲金發現，資助研究新材料，此期學人之訓詁成就，比之以往，實不遑多讓也。意以為，若沈兼士之于右文研究，於省吾之用甲金釋典籍，張相之詩詞曲語辭考釋，蔣禮鴻之敦煌變文字義考釋，高亨、楊伯峻、王利器之古籍校注等，也均有研究之必要，然至今皆但見單篇論文偶而及之，若卞君之作專著研究者，不說絕無僅有，也屬鳳毛麟角矣。其二，是書于楊遇夫之訓詁，研究全面，考察細密，是真正意義上之全面、系統研究。書中除著重探討楊遇夫語言觀及其在訓詁中之應用外，又兼及學術背景之介紹，與時賢相關研究之比較，以及遇夫訓詁在諸多方面之應用、成就與局限。其述遇夫語言觀及其在訓詁中之應用，則又分為文字形義觀、音義觀、語義觀、語法修辭觀等，下各依據具體情況再細分出若干訓詁應用節目，可謂面面俱到，巨細無遺。此點，相信讀者翻開卷首目錄，即當體會其「全面細密」，進而通讀全文，則體會益深。其三，是書設置了大

量的表格與圖示，反映了作者之巧妙用心，也成為此書突出亮點之一。表格、圖示的最大好處是形象直觀，信息量大卻節省篇幅。卞君深諳此道，運用得心應手，堪稱精到。如第三章關於楊氏「形義密合」說之圖示，分散多處、略嫌繁複之文字片斷，一旦變為圖示，便簡明易懂，一目了然。又如第四章第一節，將楊氏《積微居小學述林》中 45 篇訓釋形聲字語源文章的內容通過表格予以顯示，既無連篇累牘敘述之煩，又使讀者對於相關問題有一全面瞭解，可謂其美兩全。文中論證，往往採用舉例性個案詳述與窮盡性表格簡示相結合之做法，有點有面，相得益彰。其四，是書研究遇夫訓詁而不局限於遇夫，又聯繫同時代治訓詁之章、黃、沈三大家作頗為細膩之比較，兩兩比較之下，不但遇夫訓詁之特色看得更為清楚，章、黃、沈三家之得失也顯明矣。如雲：「章氏是有名的宗許大師，其語源研究完全迷信《說文》；楊氏則『批判接受』」；「楊氏《論叢》、《述林》利用形聲字系聯了大量的同源詞，一字一義，旁徵博引，注重實證；而沈氏則注重系統歸納和總結，在理論推闡上更勝一籌」；「形音義三者，黃氏主音，說：『三者之中，又以聲為最先，義次之，形為最後。』楊氏則主義，雲：『夫文字之生也，有義而後有音，有音而後有形，三事遞衍，而義為之主』」。凡此所論，皆從具體之比較中得來，信而有征，其於治訓詁學史者，也不無參考之意義焉。其五，是書分析客觀，立論公允，當仁不讓，勇氣可嘉，也頗值得稱道。時人毛病，每有拔高研究物件之嫌，研究張三則盧褒張三，研究李四則抬舉李四；至其短，則視而不見。卞君此書無此。其于楊氏，贊有加矣，然皆據實，不為空譽。又立「局限與商榷」專節，從宏觀與微觀兩個方面指摘其誤。是是非非，立論公允，不僅對於楊氏，其于章、黃、沈氏之評判，亦複如此。又是書廣引先哲時賢著述以為佐證，推崇之意，溢於言表。然至可商之處，仍直陳己見，絕不回護，無論其為當代大家

抑為己之師長也。備見文中，毋庸細述。然卞君此書猶有可提高者，個別說法，尚須推敲。如第五章第一節中關於「反訓詞」之定義，稱「反訓詞是由於語義的發展變化從而使一個詞具有兩個相反、相對的意義」，即可商。一個詞有可能「具有兩個相反、相對的意義」麼？或者說，「兩個相反、相對的意義」有可能是一個詞麼？顯然這種說法並不妥當。第六章第二節關於「互文為訓」的定義，稱「互文是指在某些結構相同或基本相同的句子或片語裡，處於對應位置的詞，彼此可以相互解釋」，亦可商榷。其下曰：「簡單地說，就是上文裡省了在下文出現的詞，下文裡省了在上文出現的詞，參互成文，合而見義，即俞樾所謂『參互見義』；楊樹達謂之『參互言之以相備耳』。」既然是「上文裡省了在下文出現的詞，下文裡省了在上文出現的詞」，就不是「處於對應位置的詞，彼此可以相互解釋」的問題了。然此皆吹毛求疵之類，無損于大雅也。要之，以此書而稱卞君為楊氏之功臣、諍友，不為過也。猶記得十載之前卞君負笈暨南園時，雄姿英發，壯志沖霄，頗有狷傲之氣。今讀此書，豪氣猶存，而多了幾分成熟與睿智，是誠可喜可賀。卞君學術前程光明，可預期也。

　　是為序。

　　　　　　　　　　　　2013 年 11 月 7 日于暨南園無名室

序二

楊逢彬

　　先祖楊樹達先生是 20 世紀我國最傑出的語言文字學家之一。30 年前，餘編纂《積微居友朋書劄》，中有陳寅恪先生函六通，其第一通即謂：「當今文字訓詁之學，公為第一人，此為學術界之公論，非弟阿私之言。幸為神州文化自愛，不勝仰企之至。」其第六通又謂：「先生平生著述，科學院若能悉數刊佈，誠為國家一盛事，不識當局有此意否？」楊逢彬整理：《積微居友朋書劄》，湖南教育出版社 1986 年版，第 93、98 頁。顧頡剛先生在《近世治古典之數鉅子》顧頡剛：《顧頡剛學術文化隨筆》，中國青年出版社 1998 年版，第 311-312 頁。一文中認為，近三百年來「治古典」成就最大者當屬王念孫、王國維與楊樹達先生。環顧宇內，碩學鴻儒，均有傳記行世，獨楊樹達先生無之，學者引以為憾。二十年前，江西百花洲文藝出版社刊行《國學大師叢書》，主其事者囑目于餘。而其時正從郭錫良先生游，未暇旁騖。其後著述之不暇，何有於此乎，故逡巡至今。去歲啟真館曾與餘接洽，撰寫一與先祖生平有關之小冊，或將於今明兩年發行；乃《東方早報》書評版《文匯報》筆會《新民晚報》夜光杯等所刊余文之彙集，非正式之傳記也，更遑論先祖之訓詁研究（臺灣有研究先祖訓詁之碩士論文）。今者卞仁海君著《楊樹達訓詁研究》一書，遠道索序于余，余愧於學植荒疏，恐無以副其望，雖然，一傾積愫可耳。

　　近年來文史哲領域似乎有一種帶有傾向性的意見，大約謂今世學人不足以望昔年大師項背，有一三卷本暢銷書封面上的一行字可以總結這一意見：「大師遠去再無大師」。如果所謂大師的標準，包括學術

風範人格魅力等等，在下完全同意。如果僅就學術而言，我則有所保留。不錯，20 世紀是中國傳統學問與西學接軌的發軔期，大師們篳路藍縷，開創山林，澆灌出一片新天地。從某種意義上說，處女地的開拓者是幸運的，今人及後人要想在學術史上複製他們的輝煌瞠乎其難；也即，他們站在前人的肩膀上向上攀登了一大截，我們站在他們的肩膀上也許只能向上推進尋尺。但這畢竟是站在他們的肩上，看得比他們遠，而不是依然在地上仰望他們。這兩者是有本質區別的。仰望者之所以仍躊躇不前，恐怕是治學門徑的問題。

　　拿以上認識為前提，既然要對楊樹達先生訓詁研究做出總結，那麼必須先回答兩個問題：第一，楊樹達先生的訓詁研究為何是同時代做得最好的？第二，我們今天要怎樣做，才能比楊樹達先生做得更好？回答好了第一個問題，第二個問題也就迎刃而解了。可以肯定地說，卞仁海君的《楊樹達訓詁研究》，較好地回答了第一個問題。

　　楊樹達先生的訓詁研究為何是同時代做得最好的？我們知道，任何學問要取得新進展，端賴新方法的運用。如前所述，顧頡剛先生認為，近三百年來治古典者以王念孫父子、王國維、楊樹達最為精湛。我們知道，王國維先生的卓越，「二重證據法」的提出與成功運用是至為關鍵的。我們先撇開不談。清代小學如日中天，其成就的取得，論者以為得益于古音學的巨大進展，學者可以突破字形的束縛，因聲求義。那麼，同樣得益于古音學的進展，高郵王氏父子為何高出儕輩呢？王氏父子的獨步千古，除了純熟運用古音學，還採用了哪種方法呢？對此，楊樹達先生回答說：「凡讀書者有二事焉，一曰明訓詁，二曰通文法。訓詁治其實，文法求其虛。清儒善說經者，首推高郵王氏。其所著書，如《廣雅疏證》，征實之事也；《經傳釋詞》，搗虛之事也。其《讀書雜誌》《經義述聞》，則交會虛實而成者也。嗚乎！虛實交會，此王氏之所以卓絕一時，而獨開百年來治學之風氣也。」

楊樹達：《詞詮》，上海古籍出版社 2007 年版，第 1 頁。先生又說：
「其書雖未能成為系統整然之文法學，而文法學材料之豐富與精當，
固未有過之者也。蓋王氏父子文法觀念之深，確為古人所未有，故其
說多犛然有當于人心也。」楊樹達：《中國文法學小史》，載《積微居
小學述林全編》，上海古籍出版社 2007 年版，第 631 頁。至於楊樹達
先生成功的關鍵，則是自覺走文法訓詁相結合的道路。只要看一看先
生平生最為得意的兩例考釋，大約就不會懷疑上述結論。第一例為
《積微居小學金石論叢》之《〈詩〉「於以采蘩」解》，第二例為既見
於《漢書窺管》正文卷七又見於《自序》的之釋「賞為奉車，建駙馬
都尉」條。

　　第一例是 20 世紀中國語言學史上最有趣的佳話之一，是楊樹達
先生與胡適、錢玄同討論《詩經・召風・於以采蘩》的結晶；同時見
於上述三位學者的著作，這是絕無僅有的。楊樹達先生認為「于以采
蘩」之「以」當訓為「何」，因為「以」假借為「台」，金文台、以二
字常通作，而《尚書》「如台」，《史記・殷本紀》都譯作「奈何」。但
胡適提出，疑問代詞作賓語，依先秦文獻慣例當在動詞、介詞之前，
而讀「於以」為「於何」，與此一慣例不符。楊樹達先生進而指出，
此一慣例有許多例外，並舉《小雅・小宛》「握粟出卜，自何能穀」
《小雅・白駒》「所謂伊人，於焉逍遙」「所謂伊人，於焉嘉客」《正
月》「哀我人斯，於何從祿」《十月之交》：「此日而食，於何不臧」
《菀柳》：「彼人之心，於何其臻」《小旻》「我視謀猶，伊于胡底」為
例楊樹達：《〈詩〉「於以采蘩」解》，載《積微居小學金石論叢》，科
學出版社 1955 年版，第 209-210 頁。，可謂信而有征。在《積微翁
回憶錄》之 1922 年 9 月 15 日、9 月 23 日、1936 年 5 月 14 日、1944
年 5 月 18 日，都有或詳或略的記載。1922 年 9 月 15 日所記雲：「不
惟可以答胡君之難，竟于無意中發現一文法通則之例外，喜出望外，

不覺手舞足蹈。」9 月 23 日所記又雲:「適之得餘書,遂棄其前說而從余議……胡君聞義則服之美,世所罕見。」1944 年 5 月 18 日所記則是記錄老友曹孟其賀先生 60 誕辰的 4 首絕句,其中一句為「『於以』『終風』同一妙」,先生評論道:「以余之『於以』說與高郵之『終風』並論,為餘抬高身分不少矣。」楊樹達:《積微翁回憶錄・積微居詩文鈔》,上海古籍出版社 2007 年版,第 17-18、115、213頁。從此不難看出,語法學家之治訓詁,自然不同凡響。

陳寅恪先生又稱譽楊樹達先生為「漢聖」,第二例則是《漢書窺管》中的最為得意之作:

> 《金日磾傳》:「賞為奉車,建駙馬都尉。」王念孫曰:「『車』下有『都尉』二字,而今本脫之。《百官表》雲:『奉車都尉掌禦乘輿車,駙馬都尉掌駙馬。』《藝文類聚・人部》十七《御覽・儀式部》三引此並作『賞為奉車都尉,建駙馬都尉』。」樹達按,此因下「都尉」二字省。《藝文》《御覽》引有「都尉」二字,乃二書補足之耳。舉《儒林傳》《王莽傳》及《三國志・魏志・董卓傳》之類似文字為證。《儒林傳》雲:「上於是出龔等補吏,龔為弘農,歆河內,鳳九江太守。」「弘農」「河內」下各省「太守」二字。《王莽傳》雲:「又置師友祭酒及侍中諫議六經祭酒各一人,凡九祭酒。琅琊左鹹為講《春秋》,穎川滿昌為講《詩》,長安國由為講《易》,平陽唐昌為講《書》,沛郡陳鹹為講《禮》,崔發為講《樂》祭酒。」講《春秋》、講《詩》、講《易》、講《書》、講《禮》下各當有「祭酒」二字,因下「講《樂》祭酒」字而省,與此句例正同。又《翟方進傳》雲:「其左氏則國師劉歆,星律則長安令田終術師也。」「劉歆」下省「師」字,與此亦略同。」《魏

志・董卓傳》雲：「以暹為征東，才為征西，樂為征北將軍。」
「征東」「征西」下各省「將軍」二字，亦襲此句法。王說知
其常而不知其變也。楊樹達：《漢書窺管》，上海古籍出版社
1984 年版，第 1-2、535 頁。

　　這一例似乎純粹訓詁的面貌示人，我們有必要比較一下高郵王氏
最為人稱許的、歷來公認為詞句訓釋巔峰之作的兩個成功範例。前一
篇考證的是《詩經・邶風・終風》，後一篇考證的是《老子》第三十
一章。

家大人曰：「《終風篇》：『終風且暴。』《毛詩》曰『終日風為
終風。』《韓詩》曰：『終風，西風也。』此皆緣詞生訓，非經
文本義。『終』猶『既』也，言既風且暴也。……《燕燕》
曰：『終溫且惠，淑慎其身。』《北門》曰：『終窶且貧，莫知
我艱。』《小雅・伐木》曰：『神之聽之，終和且平。』（《商
頌・那》曰：『既和且平』）《甫田》曰：『禾易長畝，終善且
有。』《正月》曰：『終其永懷，又窘陰雨。』『終』字皆當訓
為『既』。」（清）王引之：《經義述聞》，江蘇古籍出版社
2000 年版，第 122-123 頁。
──王引之：《經義述聞》卷五，又見《經傳釋詞》，文字稍有
不同《三十一章》：「夫佳兵者不祥之器，物或惡之，故有道者
不處。」《釋文》：「佳，善也。」河上雲：「飾也。」念孫案，
「善」「飾」二訓皆于義未安。……今按「佳」當訓「隹」，字
之誤也。隹，古「唯」字也（唯，或作「惟」，又作「維」）。
唯兵為不祥之器，故有道者不處。上言「夫唯」，下言「故」，
文義正相承也。八章雲：「夫唯不爭，故無尤。」十五章雲：

「夫唯不可識，故強為之容。」又雲：「夫唯不盈，故能蔽不新成。」二十二章雲：「夫唯不爭，故天下莫能與之爭。」皆其證也。古鐘鼎文『唯』字作『隹』，石鼓文亦然。（清）王念孫：《讀書雜誌》，江蘇古籍出版社 2000 年版，第 1010 頁。

——王念孫：《讀書雜誌・志餘上》

讓我們看看高郵王氏和楊樹達先生具體是如何做的。他們固然十分注意採納故訓，採納因聲求義的辦法，以及採納辨析字形，特別是通過出土文獻辨析字形的辦法。但是，綜觀以上三篇，其中起關鍵作用而不可或缺的是，徵引大量的書證，特別是與被證詞句同一結構同一句式的書證。其原理，無非是通過綜合歸納抽繹這些書證，考察疑難詞句所出現的上下文條件。這用語法術語說，就是考察「分佈」。其原理也可以簡單歸納為：意義不同，分佈也不同。也即，不同的兩個詞，分佈一般不相同；一個詞的各個義位，其分佈不相同。一個詞內部某意義引申出另一意義，分佈一般要改變，即後一意義的分佈一般與前一意義有所不同。一個詞分化為兩個或多個詞，分佈一般要改變，即這兩個或幾個詞分佈一般不同。何謂「分佈」？它一是指詞在句中所佔據的語法位置，也即詞所充當的句法成分，如主語、謂語、賓語、定語、狀語，等等；二是指詞的結合能力，即該詞修飾何詞，該詞被何詞修飾，等等。因此，要想知道句中某字到底是那個詞（一字可以是多個詞），考察其分佈就可以了；要想知道句中某詞是其本義和若干引申義中的哪一意義，考察其分佈就可以了。既然任一詞義、任一詞、任一句法結構都有一定的上下文條件（也即分佈）限制著，考察這些條件就是求得塙詁的不二法門。以上三篇就是考察上下文條件（分佈）的成功範例。反之，不考察上下文條件，而僅僅用形訓、聲訓、義訓的辦法，說某與某通，某讀為某，這只是提供了可能

性，而可能性是無窮多的。只有考察詞義、詞、句法結構出現的條件，才是求得近于必然的正確途徑。

科學理論的特點之一，是原理上的簡潔性，這是指科學理論的簡單形式與其深廣內涵的統一。看似紛繁複雜的訓詁之學，用現代語言學加以觀照，就變得豁然開朗，簡單明瞭。可見普通語言學的掌握，是當今訓詁學者的基本功。

在這裡，我們想重點強調的，一是，語法，是語言的組織結構；語法學，是探索語言組織結構規律的科學。不能瞭解語言組織結構規律，精讀古書，正確地解釋古今見仁見智的疑難詞句是不可能的。二是，將重點放在考察分佈，是提高訓詁實踐中最重要一環──訓釋古今仁智互見的疑難詞語的水準的不二法門。其具體步驟就是廣泛收集同一時期同一結構或同一句式的例句，加以綜合歸納，抽繹出其中規律。

至此，我們的第二個問題，即我們今天要怎樣做，才能比楊樹達先生做得更好，似乎有了較為清晰的答案。

今天漢語語言學界對古代漢語規律的認識與掌握，較之以往已經有了大大提高。將這些規律，用於古代典籍，持之以恆，必將取得比楊樹達先生等老一代學者更大的成績。以筆者比較熟知的而言，與訓詁相關的，至少在古書中古今見仁見智的疑難詞句，以及虛詞領域，今人可以取得較之前輩學者更大的成績。關於後者，可以參見筆者的導師郭錫良先生的《漢語史論集》中關於古漢語虛詞的幾篇文章郭錫良：《漢語史論集》，商務印書館 2005 年版。。前者則可見下文。但取得更大成績的前提是，做這些研究工作的學者，必須從申報、報銷、結項等等的桎梏中解放出來，既放眼世界，汲取新方法新成果，又沉潛斗室，板凳坐得十年冷。

下面舉一個考證實例來說明。

> 子張問曰：「令尹子文三仕為令尹，無喜色；三已之，無慍
> 色。舊令尹之政，必以告新令尹。何如？」子曰：「忠矣。」
> 曰：「仁矣乎？」曰：「未知，焉得仁？」「崔子弒齊君，陳文
> 子有馬十乘，棄而違之。至於他邦，則曰，『猶吾大夫崔子
> 也。』違之。之一邦，則又曰：『猶吾大夫崔子也。』違之。
> 何如？」子曰：「清矣。」曰：「仁矣乎？」曰：「未知，焉得
> 仁？」
> ——《論語・公冶長》

「未知，焉得仁」的通常解讀，不擬贅言。但《經典釋文・論語
音義》此章「未知」下注以「如字，鄭音『智』」，即鄭玄讀作
「智」。唐寫本《論語鄭氏注》此章也作「未智焉得仁」。另外，《論
衡・問孔》中王充在引用此章後評論道：「智與仁，不相干也。……
智者未必仁，……子文智蔽於子玉，其仁何毀？謂仁，焉得不可？」
可見王充和鄭玄一樣，將「知」讀為「智」。這裡的事實依據是，子
文舉子玉自代，結果「敗而喪其眾」，是為不智。又《裡仁》：「擇不
處仁，焉得知？」但鄭玄、王充有這樣的解讀，未必就一定正確。確
定解讀是否正確主要依賴于前文所說的對上下文條件的考察。

1.我們全面調查了《論語》（1 例）《左傳》（14 例）《國語》
（2 例）《孟子》（2 例）《老子》（1 例）《莊子》（12 例）《墨子》
（10 例）《管子》（5 例）《荀子》（3 例）《呂氏春秋》（8 例）《韓非
子》（8 例）11 部古籍中的全部 66 例「未知」；這 66 例中，除了《荀
子》中的 2 例較為特殊外，其餘 64 例「未知」全都帶有賓語。由此
可知，本章的「未知」應該讀為「未智」。2.「焉得」經常處於因

果、條件複句的後一從句。我們在《論語》（2 例）《左傳》（13 例）《國語》（3 例）《孟子》（2 例）《管子》（2 例）《呂氏春秋》（1 例）《韓非子》（10 例）7 部古籍中找到 33 例「焉得」，除《孟子・滕文公下》1 例外，其餘 32 例「焉得」全部處於因果、條件複句的後一從句。由於「知」是及物感知動詞，「未知」通常要帶賓語；「智」是性質形容詞＋抽象名詞的兼類詞，不帶賓語；而兩者字形可通，所以此章的「知」應讀作「智」。又由於「焉得」往往處於因果、條件複句的後一從句，所以，我們認為「未知，焉得仁」應讀為「未智，焉得仁」，是個因果複句（據子文舉子玉自代，「敗而喪其眾」可知）。而且，當回答他人「我不知道」時，從《論語》時代直到戰國末年，一般都作「不知也」或「不知」，從未見答以「未知」的。可見，這 5 個字只能譯作「他未能做到『智』，怎麼能夠算『仁』呢」。楊逢彬：《論語新譯注》，北京大學出版社 2014 年版。

我們在即將出版的《論語新譯注》（北京大學出版社今年出版）中，作了一百五六十例這樣的考證，其中與上文所引處於同一水準的，也有二三十例。當然，這絕不是想要妄言，就憑這一部小冊子，就將「趕上」或「超越」高郵二王和楊樹達先生；只是想表明這樣的意思，只有像這樣一步一個腳印地攀登，假以時日，我們的後人在不久的將來，必將取得比以高郵二王和楊樹達先生為代表的清代和民國大師更為輝煌的成就。

今即隨機擷取卜君書中的一例，再來說明我們是如何考察分佈的：

> 一零頁四行祭蚩尤於沛廷，而釁鼓旗。〔一四〕幟皆赤，注〔一四〕原在「鼓」字下，明顏讀「釁鼓」句絕。吳仁傑據封禪書「祠蚩尤，釁鼓旗」之文，以為「旗」字當屬上句。王先謙、楊樹達都說吳讀是。

　　上文引自第八章《楊樹達之訓詁在諸多方面的應用》之第一節《古籍整理及閱讀》下之第四點《標點》。「祭蚩尤於沛廷而釁鼓旗幟皆赤」之文見於《高帝紀》，又見於《史記・高祖本紀》。

　　到底應該斷作「祭蚩尤於沛廷，而釁鼓旗。幟皆赤」還是「祭蚩尤於沛廷，而釁鼓。旗幟皆赤」？我們以為後者較為可信。因為：

　　1.《漢書》中，除上例待考察外，「鼓旗」連文者共 5 見：「祀蚩尤，釁鼓旗。」（《郊祀志》）「於是信、張耳棄鼓旗，走水上軍，複疾戰。趙空壁爭漢鼓旗，逐信、耳。」（《韓彭英盧吳傳》）「漁陽太守解、校尉敢皆獲鼓旗，賜爵關內侯。」（《衛青霍去病傳》）「建天子鼓旗，收斬之。」（《王莽傳》）「旗幟」連文者亦 5 見：「於是沛公乃夜引軍從他道還，偃旗幟，遲明，圍宛城三匝。」（《高帝紀上》）「願先遣人益張旗幟於山上為疑兵」（同上）「漢承堯運，德祚已盛，斷蛇著符，旗幟上赤，協於火德。」（《高帝紀下》）「即馳入趙壁，皆拔趙旗幟，立漢赤幟二千。」（《韓彭英盧吳傳》）「願沛公且留壁，使人先行，為五萬人具食，益張旗幟諸山上為疑兵。」（《張陳王周傳》）此外，除先秦典籍外，《後漢書・竇融列傳》亦有「斬溫禺以釁鼓，血屍逐以染鱷」，說明在從先秦以迄劉宋的語言中，可以有「釁鼓」這一組合，並非一定必須「釁鼓旗」。這樣看來，似乎兩種斷法都有理。但是，且慢。如斷作「釁鼓旗。幟皆赤」，則是「幟」作為一詞單用；如斷作「釁鼓。旗幟皆赤」，則是「幟」與「旗」組成聯合片語。如前所言，「釁鼓」可以成為片語，而不必非得「釁鼓旗」，然則，考察「幟」在當時語言中是否可以作為一詞單用，將成為至為關鍵的證據。

　　《漢書》中，除「旗幟」連文者亦 5 見外，「幟」還出現了7 次：

「人持一赤幟，從間道萆山而望趙軍。……若疾入，拔趙幟，立漢幟。……即馳入趙壁，皆拔趙旗幟，立漢赤幟二千。趙軍已不能得信、耳等，欲還歸壁，壁皆漢赤幟。」（《韓彭英盧吳傳》）「獨將軍麾下及成安侯校各八百人為前行，以黃與白為幟，當使精騎射之即破矣。」（《李廣蘇建傳》）「望見單于城上立五采幡幟。」（《傅常鄭甘陳段傳》）「其改正朔，易服色，變犧牲，殊徽幟，異器制。」（《王莽傳》）

以上 7 例「幟」，除《李廣蘇建傳》1 例外，其餘 6 例都是「幟」與其他片語成雙音片語，其中 4 偏正片語（赤幟 3，漢幟 1），2 例聯合片語（幡幟、徽幟各 1），加上 5 例聯合片語「旗幟」，共 11 例。僅僅 1 例是「幟」單用的，從韻律上看，似乎也可將「為幟」視為一雙音動賓片語。考慮到考察樣本太少，不妨加入《史記》《三國志》《後漢書》一併考察。

《史記》中「幟」共 9 見，全部處於雙音片語中，其中聯合結構的「旗幟」4 見，偏正結構的「赤幟」4 見，偏正結構的「趙幟」1 見。當然，有些文例與《漢書》是重複的。

《三國志》「幟」僅 2 見，「旗幟」1 見，「表幟」1 見，都是雙音片語。

《後漢書》中「幟」共 11 見，除《虞傅蓋臧列傳》1 例外，其餘 10 例都是「幟」與其他片語成雙音聯合片語（旗幟 5、幡幟 3，旌幟、標幟各 1）。而見於《虞傅蓋臧列傳》的「傭作賊衣，以采縰縫其裾為幟」，也是「為幟」連文。上文說「似乎也可將『為幟』視為一雙音動賓片語」，也是慮及到此例的。

總之，以上 4 部典籍中，除 2 例「為幟」（可以從韻律上解釋）外，其餘 32 例都是「幟」與其他片語成的雙音片語，而且「幟」都

是該雙音片語的後一音節，無一例外（如將「為幟」視為動賓片語，也不例外）。「旗幟」正是這樣的雙音片語。可見，標點為「旗幟皆赤」較為可據。另外，將我們考察的物件標點為「祠黃帝，祭蚩尤於沛廷而釁鼓。旗幟皆赤」，即使從韻律上看，也比標點為「祠黃帝，祭蚩尤於沛廷，而釁鼓旗。幟皆赤」為和諧，這也正是下面一點要論及的。

2. 從「皆」前後音節的搭配看，「幟皆赤」出現概率極低。《漢書》中表示「都」的「皆」字多達 2000 多例，其前後都為單音節即「～皆～」的極為罕見，我們只見到《張耳陳餘傳》中一例：「乃使五千人令張黶、陳釋先嘗秦軍，至皆沒。」一般而言，如果「皆」的一邊一定有一單音節的話，則其另一邊必須是雙音節或雙音節以上，即要麼為「～皆～～」，要麼為「～～皆～」。其原因大約還是與韻律有關。茲各略舉數例：「民皆自寧」（《高帝紀》）「齊皆降楚」（同上）「兵皆縞素」（同上）「軍皆左袒」（《高後紀》）「佗皆勿坐」（《宣帝紀》）「秩皆千石」（《百官公卿表》）「課皆疏闊」（《律曆志上》）「宜皆勿修」（《郊祀志下》）以上為「～皆～～」者。

以下為「～～皆～」者：「諸侯皆附」（《高帝紀》）「群臣皆伏」（《文帝紀》）「眾功皆美」（《律曆志上》）「其事皆禁」（《郊祀志上》）「野雞皆雊」（《郊祀志下》）「天神皆降……地祇皆出」（同上）

可見，「幟皆赤」這樣的「～皆～」句式出現概率是極低的，而「旗幟皆赤」這樣的「～～皆～」句式出現概率是較高的。

鑒於從漢初到劉宋時期，「幟」一般不單用而須與其他片語成「～幟」片語，又鑒於「～皆～」句式出現概率極低而「～～皆～」句式出現概率較高，我們以為《漢書》中的這一例宜標點為「祭蚩尤於沛廷而釁鼓。旗幟皆赤」。「旗幟皆赤」與《高帝紀下》之「旗幟上赤」（旗幟以赤色為上）結構是一樣的。由是可知，中華書局版《史

記‧高祖本紀》《漢書‧高帝紀》之標點為「祭蚩尤於沛廷而釁鼓旗。幟皆赤」是不大妥當的。

另外，標點為「祭蚩尤於沛廷而釁鼓。旗幟皆赤」，則與顏師古注相合，也符合我們提出的「從古原則」（詳見拙著《論語新譯注‧導言》的《我們的具體做法》部分）。

或謂此例之標點，乃據《封禪書》「祠蚩尤，釁鼓旗」之文，而《郊祀志》（《史記》則為《封禪書》）與《高帝紀》所載乃是一件事情，不至於一為「釁鼓」，一為「釁鼓旗」。我們以為，歷史事實之考量雖較為重要，卻畢竟是語言系統之外的證據，不比語言系統之內的證據來得可靠，後者才是必須優先考量的；當兩者發生矛盾時，尤其應當如此。且一事兩處記載，文字互有參差，實屬正常。即以《高帝紀》與《郊祀志》的這兩段文字為例說明之。《高帝紀》：「祠黃帝，祭蚩尤於沛廷而釁鼓。旗幟皆赤。」《郊祀志》（《封禪書》）：「祀蚩尤，釁鼓旗。」前者提到「黃帝」，提到「（旗）幟皆赤」，而後者無之，甚至連「黃帝」也略去了。由是可知前者為「釁鼓」，後者為「釁鼓旗」，也屬正常，不足以此例彼。且「祠蚩尤，釁鼓旗」，兩兩三字成文，無「旗」字則不響；「祭蚩尤於沛廷而釁鼓」，因有一「而」字，已滿足三字的條件，若單從音律上考慮，不必有那一「旗」字。

從這隨機的一例考釋，我們有以下 3 點認識：

1. 我們不能苛責前輩大師。即使譽為「漢聖」，《漢書》能倒背如流的楊樹達先生，也沒有我們今天的便利，十指一敲，海量語料轉瞬即到眼前。2. 我們今天能夠做得比較精確，誠如楊樹達先生在《積微居小學述林‧自序》所總結的「六綱五條例」之第一綱所揭示的，乃是拜時代——E 時代，語言學取得巨大進展的時代——之所賜。3. 在 E 時代，語言學取得巨大進展的時代，不儘量利用時代所帶來的便

利，不站在前輩大師的肩膀上繼續奮力登攀，而是匍匐在前輩大師的腳下，籠罩在前輩大師的光環中裹足不前，而以恪守師說自飾，這樣做，不是當今學人應有的態度。

粗略地說，今人如能揚長避短，雖然文獻訓詁水準難以企及當年的大師，但失之東隅收之桑榆，有語言學理論的指導，有電腦技術的運用，也能做出與大師同樣精湛的考據成果，而又避免他們的失誤。今人聰明才智不在古人之下，而科學昌明，遠過昔年。所以，做出超越大師的成果，實在是必然趨勢。只是千里之行始於足下，現在必須踏踏實實地起步。

如何起步呢？千里之行的第一步，就是總結大師何以成功的經驗，總結他們失誤的教訓。

卞仁海君的《楊樹達訓詁研究》，做的就是這項工作。展卷讀之，卞君在這兩方面都是做得很好的。

首先，一方面，卞君在用一章篇幅分析楊樹達先生訓詁的學術背景之後，用四章篇幅分別分析了楊樹達先生的文字觀、音義觀、語義觀以及語法修辭觀在訓詁上的應用，每一章下，又劃分了好幾節，每一節下又劃分細類，條分縷析，曲徑幽微。卞君運用現代語言知識，深思密察，去粗取精，對楊樹達先生的訓詁研究加以歸納總結和抽繹，使之條理化和系統化。這樣，就把博大而似乎漫無涯涘的楊氏學串聯成一個有機的系統了，從而有利於學者瞭解楊樹達先生學說的精髓。同時，卞君橫向地比較了楊樹達先生和章太炎、沈兼士以及黃侃的訓詁研究，列出他們在各個方面的異同，又不啻為一部 20 世紀前期的簡明訓詁學史。另一方面，在第九章《楊樹達的訓詁成就和局限》第一節，卞君說：

　　楊氏訓詁，根于傳統，貴在納新，「溫故知新」一語，可以概

括其訓詁特色。訓詁之學，綿延千年，治之者大都徘徊于乾嘉高峰之前，僅因兩端：或無新材料，或缺新方法。段王以聲為義，得益於歸納之法；虛實交會，則因其善考文例（比較之法）。學問之事，無以承傳，不得創新：段王之學，楊氏承之。正當傳統訓詁困於材料似乎山窮水盡之時，卜辭大出，甲金之學勃興；西學東漸，西方語言學理論、方法介入。緣乎此，千年訓詁再現生機。楊氏因應時勢，廣稽甲骨金石於訓詁，以探求文字語源為依歸，從而取得了超乎段王的訓詁成就。「赤縣神州訓詁學第一人」，楊氏之謂也。

這兩百多字的總結，可謂恰到好處。好就好在指出了楊樹達先生之「因應時勢」，吸納新知，這與我在這篇佛頭著糞的所謂序言中的前文所言，是一致的。

如此，既有全面深入的剖析、歸納，又有貫徹始終的一條紅線，領挈以全裘振，綱舉而萬目張。

其次，在第七章第一節第三部分《共有的局限》和第九章第二節《局限與商榷》中，卜君又頗能指出楊樹達先生的不足。卜君所引唐鈺明先生的話：「判斷一個學者在學術史上的地位，最主要的是看他作出了多少建樹，而不在於他有多少疏失。」于我心有戚戚焉。記得在十三四歲時讀先祖父的《釋尾》（手頭無書，大約見於《文字形義學》），引述達爾文人猿進化學說後猜測大約造字時人尾尚未退化雲。當時我想，人尾退化，大約在若干萬年以前，造字則在數千年前。可見大師之誤，在所難免，而往往與其建樹成正比。楊樹達先生在論述郭沫若治甲金文時所說「郭君鼎堂神識敏銳，創建獨多。顧其書善者高出青雲，次者或下淪九地。如此剽悍之將，性喜陷陣，搴旗斬將，每建奇功；而覆車潰眾，時時不免。……瑕瑜雜見，固其所也」云

云，有時也適合楊樹達先生本人。

卞君的辯證，既有宏觀的，又有微觀的。宏觀的如：「語源同」含義辨正，先入為主難免臆說，用文字的方法研究語源，仍拘于「右文」，等等，都切中肯綮，極有見地，顯示出作者有著較深的現代和傳統語言學根底。微觀的多體現在 24 例「個案商榷」中，雖不無微瑕，總體上說卻是分析得十分到位的，體現了作者有很強的考據能力。如指出「家」當為會意字，「若」不為會意字，「放」不必言聲旁假借，「禱」釋義舉例不當，「鐵血」及「鐮」釋義有誤，「獄」不當訓兩犬相守，「『屬』釋義有誤」，「偽」不當襲許誤，「諼」釋義附會，等等，不必一一例舉，大率皆信而有征，令人折服。

稍感不足的是，有些地方，分析時多引證其他學者之說，淺嘗輒止，自己的挖掘不夠深入。這一不足有時還帶來另一弊端，即用他人的誤說來糾正楊樹達先生之誤。例如，《個案商榷》之十四《「若」當訓「其」》。《孟子梁惠王上》「即不忍其觳觫若無罪而就死地」，楊先生讀為「即不忍其觳觫若，無罪而就死地」，當然是不對的。因為，表示「……的樣子」，《孟子》用「然」而不用「若」。例多不舉。先秦文獻中只有《詩經》偶用「若」表示「……的樣子」。但吳昌瑩、王引之、鄭子瑜所謂「若有『其』訓」「楊氏不知『若』可作『其』解」云云，則有待分析。不錯，「若」可作指示代詞，與「其」（他的）義近，此「若」訓「其」，得之；但與語氣副詞「其」則風馬牛不相及。吳昌瑩於此為偷換概念而不自知。他的兩個例句「子若免之，以勸左右可也」（《左傳》昭西元年）「君若待于曲棘，使群臣從魯君以蒞焉」（昭公二十六年）之「若」都是假設連詞，沈玉成先生《左傳譯文》的翻譯的對的，而吳理解為語氣副詞，可謂無中生有。王引之《經傳釋詞》在這 2 個例句基礎上增加了一個：「我亦惟茲二國命，嗣若功」（《尚書・召誥》），這一句中的「若」是指示代詞，可

訓「其」；但卻有將「其」的指示代詞義和語氣副詞義混為一談來解釋「若」之嫌。鄭子瑜則盲從吳、王之說，以糾楊樹達先生，當然不足取。如果說吳、王受時代局限，只知有字，不知有詞，因而將兩類「其」視為一個，不足深責，那麼鄭子瑜於此則有些失察了。如果將「若」理解為指代「牛」，也講不通。因為與代詞「其」類似的「若」，是指代第三人稱的指示代詞，與「其」一樣，也處於領位（定語位置），絕不處於主位（主語位置）。「若」在此句中，當然是「好比」「好像」的意思。至於「增字解經」，如果在原文基礎上增字而釋之，在大多數情況下當然不可；而不論是古今兩種語言或中外兩種語言的對譯，由於該兩種語言結構不同，所謂增字有時是完全必須的——就如同楊伯峻先生在《論語譯注》中所做的。有人因此非難楊伯峻先生「增字解經」，未免知其常而不知其變。古文簡略，有些表轉折表銜接的虛詞經常闕如，而譯為現代漢語，這些虛詞必須出現，這時增字就不但可以，而且是必須的了。「若無罪而就死地」也應作如是觀。因為在當時語言，「有罪」「無罪」一定是指人或指人的社會單位如「國」（作謂語用偶爾例外，如《孟子·梁惠王上》之「王無罪歲」），如加上「之人」，反而蛇足。這就如同「洗」一定是洗腳一樣。由於「洗」詞義的擴大，今譯必須增加「足」或「腳」。「無罪」用現代漢語解釋或譯為現代漢語，也須補出「之人」，類似的如《盡心上》「殺一無罪，非仁也」。

當然，上例只是我個人的看法，可以爭鳴。即便我是而卞君非，也僅為白璧微瑕。就全書而言，這樣有待商榷的地方是極少的。總之，卞君此書無論從大處著眼，還是從小處細察，都把握得較好，既提綱挈領，又細緻入微；而且，大致而言，對楊樹達先生成就與不足的描述，論述得是恰到好處的。因此，我認為這是一部值得推薦當然也值得一讀的好書。

　　楊逢彬，著名語言文字學家，楊樹達先生嫡孫，文史名家楊伯峻堂侄，先後師從夏淥、郭錫良等名師。楊逢彬系武漢大學、上海大學教授，博士生導師，被譽為我國語言學界天資、學歷、家學、師承四者俱備的學者。

第一章
緒論

第一節　楊樹達生平、著述

　　楊樹達（1885-1956），湖南長沙人，字遇夫，號積微[1]，晚年更號耐林翁[2]。楊樹達是中國近、現代著名的語言文字學家，其學貫中西，於訓詁學、文字學、語法學、修辭學、音韻學、方言學、歷史文獻學均有精深的造詣。

一　幼承家學（1885-1897）

　　1885 年（清・光緒十一年）6 月 1 日，楊樹達降生於湖南長沙的一個知識份子家庭。父名孝秩，字翰仙，熟譜經史，於《史記》、《資治通鑒》尤精，以塾師為業。楊樹達 4 歲時祖父便教其識字，啟蒙後由父親系統教讀，「略識訓詁文義」。[3]其父授以《史通》、《資治通鑒》、《爾雅》、《廣雅》等史書和小學書，使少年楊樹達不僅打下了小學方面的堅實基礎，也培養了其於史學方面的興趣。後來楊氏在《漢

1　1924年10月，楊樹達取《荀子・大略篇》「積微者著」，命書齋名為「積微居」。楊樹達曾說：「小是大的基礎，大是小的發展；多是少的結果，少是多的積蓄。學問是一點一滴積累而來的。」積微者，蓋取義於此。其文集還有冠以此名者，如《積微居小學金石論叢》、《積微翁回憶錄》等。

2　1949年9月7日清晨，楊樹達於朦朧中得詩句「霜葉從教耐晚林」，又命書齋名為「耐林廎」，其文集亦有冠以此名者，如《耐林廎金文說》等。

3　楊樹達：《積微翁回憶錄》（上海市：上海古籍出版社，1986年），頁2。

書補注補正序》中回憶說：「家大人喜讀史。少時侍坐，竊見治司馬氏《通鑑》，日有定程。余兄弟幼承訓誨，故亦好史籍，而余尤嗜班書。」《漢書》即成為楊氏一生治學的中心之一。時人宣導實學，楊父便命楊樹達從其兄學習數學，「於是余于諸經、古文之外兼習數學焉」[4]。

二 問師求學（1897-1911）

（一）長沙時期（1897-1904）。1897 年 10 月，13 歲的楊樹達考入維新派人士在長沙設立的時務學堂。學堂由梁啟超、熊希齡、譚嗣同等任教。楊樹達不僅學習了各科知識，而且深受梁啟超等人維新思想的影響。次年 9 月戊戌變法失敗，時務學堂解散，楊樹達家居治學。期間楊父指導其學習《爾雅》、《廣雅》等訓詁專書，楊樹達遂有志於訓詁之學；[5] 1899 年，受父命師事文字版本學家葉德輝習《說文解字》和《四庫全書總目提要》，楊獲益匪淺，為日後研究打下了小學和目錄學基礎。1900 年秋，楊樹達入湘人創辦的求實書院，除經史外，還兼習算學、英文。1903 年，楊氏離開求實書院家居，便問業于以經學名家的胡元儀。1904 年應湖南省院試，以第一名交卷，考官批云：「鎔經鑄史，卓而不群，少年得此，尤為可喜。」不久調入校經堂肄業。

（二）日本時期（1905-1911）。1905 年湖南選派學生赴日留學，楊樹達被錄取，入東京宏文學院大塚分校學日語。1908 年轉入正則學校學英語。次年入京都第三高等學校學習。1911 年，辛亥革命勝

---

4 楊樹達：《積微翁回憶錄》（上海市：上海古籍出版社，1986年），頁4。

5 楊樹達《積微居小學金石論叢・自序》（北京市：中華書局，1983年），頁13：「予年十四五，家大人授以郝氏《爾雅》、王氏《廣雅》二疏，始有志於訓詁之學。」

利，清廷官費停撥，楊氏退學回國。在日期間，楊「日治歐洲語言及諸雜學」，並因此放棄了求教同在東京的章太炎的機會。楊樹達學習外語，日語達到了日本同學還要向他請教的程度，英語後來任教有餘。[6]楊「喜治歐西文字，于其文法，頗究心焉」。[7]楊氏說過：「余之治中國文法也，資于歐洲文法者多。」[8]楊後來在總結其治學方法時列了 6 條總綱，首條就雲：「受了外來影響，因比較對照有所吸取。」[9]可見，楊氏在日本期間的學習對其以後的研究有重要影響，楊曾說：「少年時代留學日本，學外國文字，知道他們有所謂語源學。……在這以前，語源學這個名詞是很少見到的。這是我研究的思想來源。」[10]游日 6 年後的楊樹達不僅傳統國學基礎深厚，而且頗有西學的功底了。

三　設教治學（1911-1956）

（一）長沙時期（1911-1920）。返國後的楊樹達，除短期任職于湖南教育司等機構外，絕大部分時間從教治學。從 1912 年到 1919 年，楊氏先後任長沙楚怡工業學校英文教員、湖南第四師範學校國文法教員、湖南第一師範學校國文法教員、湖南第一女子師範學校國文教員。任文法教員時，始治文法，發現當時奉為圭臬的《馬氏文通》有不少舛誤；1918 年 3 月，南北軍閥戰爭爆發，楊感於《老子》「兵

6　楊樹達：《積微居小學金石論叢・自序》（中華書局1983年版，第13頁）：「辛亥兵興，困餓京都，倉黃返國，始以英國文字教于長沙。」
7　楊樹達：《詞詮・序例》（北京市：中華書局，1965年），頁5。
8　楊樹達：《積微居小學金石論叢・張彥超馬氏文通刊誤補序》（北京市：中華書局，1983年），頁257。
9　楊樹達：《積微居小學述林・自序》，（北京市：中華書局，1983年），頁5。
10　同上書。

者不祥之器」之言，取《韓非子》、《淮南子》諸篇，搜集諸家說《老子》者，以 50 日輯成《老子古義》一書。1919 年湖南督軍張敬堯鎮壓長沙愛國運動，長沙學界發起「驅張」運動，楊氏作為教職員代表和毛澤東等進京請願。在此期間，楊氏撰成《馬氏文通刊誤》、《中國語法綱要》等書稿。

（二）北京時期（1920-1937）1920 年，經黎錦熙推薦，楊樹達任職於教育部國語統一籌備會，並任北京師範學校國語法教員、北京法政專門學校日文教員。1921-1926 年任職於北京高等師範學校（1924 年改為北京師範大學）；1926 年 9 月，經梁啟超推薦任清華大學國文系教授，直至 1937 年七七事變爆發。清華期間，楊氏得與王國維、陳寅恪、朱自清等相識。楊樹達善於把學術研究和教學密切結合，在北師大和清華期間，先後開設國文法、文字學、修辭學、《史記》、《漢書》、《淮南子》等多門課程，這些既是他的教授科目，又是他的研究課題。「每開一門課程就有這門的著述」[11]可以說是楊樹達設教治學的顯著特點。

在此期間，楊樹達學不厭，誨不倦，以兼人之力，獲倍人之功，先後新撰及續成的專著和文集計有 18 種：《說苑新序疏證》（1921）、《鹽鐵論校注》（1924）、《漢書補注補正》（1924）、《古書疑義舉例續補》（1924）、《詞詮》（1928）、《中國語法綱要》（1928）、《周易古義》（1928）、《戰國策集解》（1928）、《古書之句讀》（1928）、《高等國文法》（1929）、《馬氏文通刊誤》、《積微居文錄》（1931）、《論語古義》（1933）、《漢代婚喪禮俗考》（1933）、《中國修辭學》（1933）、《群書檢目》（1934）、《淮南子證聞》（1936）、《積微居小學金石論叢》（1936）。

---

11 羅常培：《悼楊樹達（遇夫）先生》，《楊樹達誕辰百周年紀念集》（長沙市：湖南教育出版社，1985年），頁255。

　　1934 年 8 月，楊樹達在天津《大公報》發表《讀商承祚君殷契佚存》一文，此為楊氏研究甲文之始。其後 20 多年，楊氏兼治甲骨、金石文字，成論文百餘篇，專著 4 種。

　　（三）避難、戰後 4 年（1937-1949）。1937 年七七事變後，楊樹達返湘受聘湖南大學。次年 10 月隨湖大遷到湘西辰溪，敵機不斷轟炸，楊甚為憤慨，特開設「春秋大義」課程，闡述《春秋》「復仇」、「攘夷」之大義，並說：「自恨書生不能執戈衛國，乃述聖文，昭示後進，惡倭寇，明素志也。」（《春秋大義述自序》）楊氏避難時期的主要著述有：《春秋大義述》（1940）、《淮南子證聞》（續成，1942）、《論語疏證》（1943）、《文字形義學》（1944）、《甲骨文蠡測撮要》（1945）。此外還有《文法學小史》、《訓詁學小史》等著作。楊氏在這一時期的研究精力主要集中于甲金文字，尤以金文為重。自 1941 年 1 月至 1943 年 7 月，楊樹達于金文創獲頗豐，考釋 81 器，作論文 107 篇。

　　抗日戰爭勝利後，楊樹達被選為中央研究院院士，並主編湖南省藝文志，曾兩赴中山大學短期講學。期間，楊繼續治甲金文字，1946 年 5 月至 1949 年 9 月間，楊釋金文 139 器，作論文 150 篇；從 1940 年底到 1949 年，楊氏的甲骨文論著若以篇目計，則超過甲骨發現以來的任何一位學者。

　　（四）新中國成立以後（1949-1956）。「夕照從來分外紅」，新中國成立後，楊樹達治學熱情高漲，著述不輟。1953 年湖南大學取消文法學院，楊樹達轉任湖南師範學院教授，同年任湖南文史館館長；1955 年被聘為中國科學院學部委員；1956 年 2 月，在完成《鹽鐵論要釋》後不久逝世。楊樹達晚年整理加工的著作有：《積微居金文說》（1952）、《積微居讀書記》（1952）、《積微居小學述林》（1953）、《積微居金文餘說》（1953）、《積微居甲文說·卜辭瑣記》（1953）、《耐林

顧甲文說・卜辭求義》（1953）、《增訂積微居小學金石論叢》（1955）、
《論語疏證》（1955）、《漢書窺管》（1955）、《鹽鐵論要釋》（1956）。[12]

第二節 楊樹達的訓詁著作及其研究現狀

一 楊樹達的訓詁著作

　　王力先生在《新訓詁學》中將訓詁學分為舊訓詁學和新訓詁學，
又將舊訓詁學分為三派：一是纂集派，如阮元《經籍纂詁》之類；二
是注釋派，如段玉裁《說文解字注》之類；三是發明派，即「因聲求
義，不限形體」派，如尸、章太炎之屬。比附王氏的分類，本書將楊
樹達的訓詁著作分為以下幾類。

（一）纂輯類

　　此類輯集古人之文以解釋古書。楊樹達於 1902 年始輯、1928 年
完成《周易古義》，1918 年輯成、1928 年增補成《老子古義》。此類
著作的特點是「述而不作」，徵引所有三國以前有關《易》、《老》及
其解釋的文字，列於相關文句之下。1930 年輯成《論語古義》，1943
年擴展增補成《論語疏證》，取諸經、諸子及四史之文可證《論語》
之義者。1940 年，楊感于倭寇侵國，撰《春秋大義述》，以《公羊》

---

12 有關楊樹達的生平、著述，以下論著可資參考：楊樹達：《積微居回憶錄・積微居
　　詩文鈔》（上海市：上海古籍出版社，1986年）；白吉庵：《楊樹達傳略》，《文獻》
　　21輯（北京市：書目文獻出版社，1984年）；《楊樹達先生學術年表》、《楊樹達著述
　　要目》、《楊樹達先生小傳》，收入劉夢溪主編《中國現代學術經典・楊樹達卷》（石
　　家庄市：河北教育出版社，1996年；王玉堂輯述：《楊樹達先生事略》，楊伯峻：
　　《楊樹達文集前言》，收入《楊樹達誕辰百周年紀念集》（長沙市：湖南教育出版
　　社，1985年）；符嵐：《國學大師楊樹達》，《書屋》2012年第6期。

「攘夷」大義激勵國民抗敵，系「古為今用」之作。《論語疏證》、《春秋大義述》雖然既述且作，但以述為主，故亦歸入此類。此類遺失書稿有《說苑新序疏證》（1921）、《戰國策集解》（1928）。

（二）注釋類

此類是關於校勘、注釋和考證一類的著作。楊氏幼嗜班書，早年讀王先謙《漢書補注》，有志精研；楊諳熟高郵王氏之書，用王氏父子校釋古書之法，于 1924 年成《漢書補注補正》；楊曾於北京開設漢書課程，多次教學，不斷增益補充，於 1953 年終積 30 年治《漢書》心得，成《漢書窺管》。有人評價《漢書窺管》說：「研讀漢書，已無剩疑。縱有地下發掘，只能作為補充或證明漢代史料和史實，恐難翻倒遇老之所考訂。」[13]楊少時好《鹽鐵論》，1924 年成《鹽鐵論校注》，後多有補充，未版；1955 年楊承擔中國科學院《鹽鐵論》校注課題，以 50 日成《鹽鐵論要釋》。楊在北京頗讀《淮南子》，並與吳承仕相互討論，初成《淮南子證聞》，于高郵王氏所校《淮南》多有所駁；後來楊設教《淮南》于湖南大學，且教且治，于 1942 年續成《淮南子證聞》。此類還有楊樹達的讀書劄記《積微居讀書記》，以及《古書句讀釋例》等。

（三）發明類

此類是有關文字訓詁的著作，以《積微居小學述林》（下簡為《述林》）、《積微居小學金石論叢》（下簡為《論叢》）為代表，是代表楊樹達最高訓詁成就的一類。此類著述不僅「因聲求義，不限形

---

13 楊伯峻：《楊樹達文集前言》，《楊樹達誕辰百周年紀念集》，（長沙市：湖南教育出版社，1985年），頁29。

體」，而且不囿《說文》，利用甲骨金石，以古聲韻為綱，求文字語源，探用字之流，於文字訓詁頗多發明。王力說：「同源字的研究，可以認為是一門新的訓詁學。」[14]所謂「新訓詁學」，就是從歷史上觀察語義的變遷。[15]可以說，楊氏此類著作兼具「發明派」和「新訓詁學」的特點。

　　《論叢》集楊樹達1931年至1936年冬所得文字訓詁論文139篇，包括說字之屬60篇（其中「釋×」類43篇、「說×」類17篇[16]），音韻之屬4篇，方言文法4篇，經字考證序跋19篇，考史金石12篇；《述林》集楊樹達1936年《積微居小學金石論叢》出版以來至1952年有關小學的論文209篇，特別是集中了有關語源研究的成果，包括說字之屬120篇，通考文字之屬8篇，故書古史雜考40篇，序跋書劄雜文39篇。

二　楊樹達訓詁之研究現狀

（一）研究論著統計

1 專著

　　目前國內外尚無研究楊氏的訓詁專著問世，但在語言學史或訓詁學史的專著中有相關章節論及。列表如下：

---

14 王力：《同源字典・同源字論》（北京市：商務印書館，1982年），頁45。

15 王力：《新訓詁學》，《王力語言學論文集》（北京市：商務印書館，2000年），頁498至510。

16 楊樹達雲：「餘說文字，凡說制字之義者為『釋』，說用義者為『說』。」見楊樹達《積微居回憶錄・積微居詩文鈔》（上海市：上海古籍出版社，1986年），頁61。

表 1-1 論及楊氏訓詁的專著一覽

著者	書名	章節	主要內容	所涉著作
何九盈	《中國現代語言學史》	詞源研究（523-528頁）	述評楊氏語源學、同源詞研究	《述林》、《論叢》
黃永武	《形聲多兼會意考》	形聲多兼會意說略史（57-59頁）	簡述楊氏聲符兼義研究	同上
李建國	《漢語訓詁學史》	近代之「右文說」的發展（318-325頁）	總結楊氏探源方法	同上
徐　超	《中國傳統語言文字學》	語源研究的方法（322-326頁）	揭示探源方法	同上
殷寄明	《語源學概論》	為楊樹達的「小學」正名（86-88頁）	簡述楊樹達的語源研究	同上
曾昭聰	《形聲字聲符示源功能述論》	楊樹達對聲符示源功能的研究（162-173頁）	述評楊氏的聲符示源功能研究	同上
趙振鐸	《訓詁學史略》	楊樹達（325-332頁）	揭示探源方法、涉及語法訓詁	同上
張　博	《漢語同族詞的系統性和驗證方法》	楊樹達的語源考索法（85-87頁）	概述楊樹達的語源考索法	同上
張　標	《20世紀說文學流別考論》	楊氏《說文》學的主要貢獻（77-82頁）	兼及楊氏的聲義研究	同上

2 論文

國內所知見有關楊樹達語言文字學的研究論文計有 45 篇，以下是分佈統計：

表 1-2　研究楊樹達語言文字學的論文內容之分佈統計

論文內容	訓詁[17]	語法	文字	修辭	方言	文獻	綜述
篇數	19	12	3	3	3	2	3

以下是研究楊氏訓詁的 19 篇論文所涉及的楊氏訓詁著作統計：

表 1-3　研究楊氏訓詁之論文所涉及的楊氏著作統計

涉及著作	《小學述林》、《金石論叢》	《古書句讀釋例》	《漢書窺管》	《鹽鐵論要釋》	《論語疏證》	《淮南子證聞》	《積微居讀書記》
篇數	12	6	1	0	0	0	0

（二）研究論著的總體分析與評價

　　1.缺乏全面、系統研究楊氏訓詁的專著。有關楊氏訓詁的專著都是簡單的宏觀概述，很少微觀的訓詁問題分析，而且都相對集中在其文字探源研究上。當然這些特點都是其作為學術史專著的性質決定的。

　　2.有關楊氏訓詁的研究論文中不乏中肯、有見地的分析，但有的僅是泛泛而論，限於舉例說明。

　　3.綜觀這些相關研究，給人的總體印象是有些內容重複，主要集中在其語源研究上。當前的楊氏訓詁研究主要集中在《述林》和《論叢》上，而有關《漢書窺管》、《論語疏證》、《鹽鐵論要釋》、《淮南子證聞》、《積微居讀書記》等著作的訓詁研究幾乎空白，理應加強；即

---

17 楊氏的有些著作所涉較廣，如《古書句讀釋例》，雖名為古書句讀之釋，但所發明卻不僅以句讀為限，也有小學訓詁、語法修辭、版本校勘、古書文例等，這裡將有關《古書句讀釋例》的研究歸入訓詁。

便是《述林》和《論叢》，相關研究也幾乎全部集中在說字之屬上，其中又以引用其材料者居多。

第三節　本書的研究意義及所用材料

一　研究目的及意義

本書的研究基於以下的目的和意義：

（一）當今語言學界對訓詁的研究主要集中在清代及其以前，而對近代訓詁的研究相對較為薄弱；即便是對於近代訓詁，章太炎為語源學導夫先路，黃侃為犖犖大者，楊樹達之訓詁似乎為章、黃的光芒所遮掩，研究者很少。張標先生就指出：「自楊氏於 1956 年去世後，對楊氏學的研究並不理想。」[18]目前有關楊樹達訓詁的研究主要集中在其語源學方面，而於其他方面很少涉及；事實上，楊氏除《述林》、《論叢》外，還有《漢書窺管》、《論語疏證》、《鹽鐵論要釋》、《淮南子證聞》、《春秋大義述》、《古書句讀釋例》等一大批訓詁著作。鑒於目前國內外還沒有人對楊樹達的訓詁進行全面系統研究的現狀，本書爬梳整理楊樹達訓詁的全部材料，系統、深入研究楊樹達訓詁的理論、方法，以期填補有關楊樹達乃至近代學術研究方面的空缺。

（二）近代是中國語言學的轉型時期，也是傳統訓詁學在西方語言學的影響下向「新訓詁學」過渡的時期。楊樹達的學術活動橫跨近代和現代，他是這一過渡時期的見證者和實踐者。楊樹達既承段、王之學，傳統訓詁學造詣精深；又留學日本，接受西方語源學、語義學理論，從而取得了超乎前人的巨大成就。處於過渡時期的楊氏，其訓

---

18 張標：《20世紀說文學源流考論》（北京市：中華書局，2003年），頁84。

詁既包含有「新訓詁學」的現代觀念，又帶有傳統訓詁學的某些局限。本書用現代語言學的理論，全面審視楊氏訓詁的成就和局限，對新時期如何搞好訓詁學的學科建設亦將具有一定的借鑒意義。

（三）楊氏訓詁以理論和方法見長。傳統訓詁理論薄弱，而楊樹達運用語源學理論，善於從具體的材料中歸納出規律性的東西，豐富了訓詁學理論；除訓詁學外，楊樹達還于文字學、金石學、音韻學、方言學、語法學、修辭學、校勘學有精深造詣，並著有《詞詮》、《高等國文法》、《馬氏文通刊誤》、《中國修辭學》、《古書疑義舉例續補》、《古書句讀釋例》、《古聲韻討論集》、《積微居金文說》、《積微居甲文說・卜辭瑣記》、《耐林廎甲文說・卜辭求義》、《中國文字學概要・文字形義學》等專著及相關論文。正是由於楊氏在語法、修辭等語文諸學科取得的多方面成就，從而形成其訓詁的跨學科觀念，使他能自覺運用甲骨金石、音韻、語法、方言等進行訓詁實踐；楊氏訓詁方式方法多樣，如綜合利用對文、連文、異文、語境、金石文字、方言、修辭、語法等進行比較互證。全面總結並繼承楊氏訓詁的理論和方法，於當今的訓詁實踐也具有方法論意義。

二　本書所使用的楊氏訓詁材料

如前所述，楊樹達訓詁著作很多，考慮到楊氏訓詁著作的特點，本書選用楊氏訓詁材料的原則如下：

（一）以發明類著作《積微居小學述林》、《積微居小學金石論叢》為核心材料；

（二）以注釋類著作《漢書窺管》、《鹽鐵論校注》、《古書句讀釋例》、《淮南子證聞》、《積微居讀書記》等為輔助材料；

　　（三）參考楊氏文字、語法、修辭著述，如《文字形義學》、《詞詮》、《高等國文法》、《馬氏文通刊誤》、《古書疑義舉例續補》、《中國修辭學》等中的相關材料，取其中可以說明楊氏訓詁問題者；

　　（四）纂輯類《周易古義》、《老子古義》等著作「述而不作」，所涉問題多屬文獻、版本、校勘範圍，故不取。

第二章
楊樹達訓詁的學術背景

　　處於中國語言學轉型時期的楊樹達，訓詁成就之所以卓著，有其時代背景和個體因素。概而言之，楊氏訓詁遠紹乾嘉段王，近承湘學餘緒；既被西學東漸之風，又熔甲骨金石之學。以下從「段王後學」、「湘學餘緒」和「時代影響」等三個方面論述楊樹達訓詁的學術背景。

第一節　段王後學

一　乾嘉學派的訓詁學

　　乾嘉學派接踵于清代「康乾盛世」，其訓詁之學上承先秦漢唐以來的訓詁淵源，下啟近代梁啟超、王國維、章太炎，成為訓詁學史乃至學術史上的里程碑，它標誌著傳統語文學進入了語言學領域。乾嘉學派主要分為以惠棟（1697-1758）為首的「吳派」和以戴震（1724-1777）為首的「皖派」，而其訓詁學又以皖派戴震的受業弟子段玉裁和王念孫成績為最大，代表了清代訓詁學的最高成就，世稱「段王之學」。[1]乾嘉學派之訓詁創獲極多，今從總體上以兩端概其犖犖大者。

1　王力《中國語言學史》：「一般人所稱的乾嘉學派，指的是段、王之學。」（太原市：山西人民出版社，1981年），頁169至170。

（一）系統化、理論化的音義觀

　　梁啟超先生說：「所謂『就古音以求古義，引申觸類』，實清儒治小學之最成功處。」[2]胡奇光則認為：「一是『右文說』，段玉裁改稱『以聲為義說』；二是擺脫字形束縛的音近義通說，即王念孫的『以音求義說』。這兩條是清代訓詁學的精華，也是現代訓詁學研究的主線。」[3]訓詁之旨，在於聲音。而漢唐以來的訓詁諸家儘管留存大量的聲訓材料，如《釋名》的聲訓、北宋以來的「右文說」等，但對音義關係的認識始終處於若明若暗的狀態。他們或拘於聲音而主觀臆斷，如「聲訓」；或泥於字形，執偏以概全，如「右文說」。只有到了乾嘉學者手裡，有關音義關係的認識才系統化、理論化。摘其表述之精要如下：

　　　　阮元：「義以音生，字從音造。」（《揅經室集》）
　　　　戴震：「故訓聲音，相為表裡。」（《六書音韻表・序》）又：「疑於義者以聲求之，疑於聲者以義正之。」（《轉語廿章・序》）又：「義由聲出，因聲而知義。」（《論韻書中字義答秦尚書蕙田》）
　　　　段玉裁：「小學有形、有音、有義，三者互相求，舉一可得其二。有古形、有今形，有古音、有今音，有古義、有今義，六者互相求，舉一可得其五。……學者之考字，因形以得其音，因音以得其義。治經莫重於得義，得義莫切於得音。」（《廣雅疏證・序》）
　　　　王念孫：「竊以訓詁之旨，本於聲音。故有聲同字異，聲近義

2　梁啟超：《中國近三百年學術史》（太原市：山西古籍出版社，2001年），頁202。
3　胡奇光：《中國小學史》（上海市：上海人民出版社，1987年），頁356。

同；雖或類聚群分，實亦同條同貫。譬如振裘必提其領，舉網
必挈其綱。」又：「今則就古音以求古義，引伸觸類，不限形
體。」（《廣雅疏證‧自序》）

王引之：「學者改本字讀之，則怡然理順；依借字解之，則以
文害辭。」（《經義述聞‧經文假借》）又：「字之聲同聲近者，
經傳往往假借，學者以聲求義，破其假借之字而讀以本字，則
渙然冰釋，如其假借之字而強為之解，則詰為病也。」（《經義
述聞‧序》）

　　清代以前的訓詁始終沒有擺脫字形的束縛，王力先生在評價清代
訓詁學時說：「這種重形不重音的觀點，控制著一千七百年的中國文
字學（從許慎時代到段玉裁、王念孫的時代）。只到段玉裁、王念
孫，才衝破這個藩籬。」「這是訓詁學上的革命，段、王等人把訓詁
學推進到嶄新的一個歷史階段，他們的貢獻是很大的。」[4]乾嘉學者
音義關係認識的突破，使他們能從本質上認識文字形、音、義的關
係，以及文字和語言的關係，訓詁學也因此進入了語言學領域。因
此，黃侃先生說：「清代小學之進步，一知求本音，二推求本字，三
推求語根。」[5]這種「革命」性的成果，集中體現在郝氏《爾雅義
疏》、段氏《說文解字注》以及王氏父子《廣雅疏證》、《讀書雜誌》、
《經義述聞》等訓詁專著上。

（二）「實事求是、無征不信」學風的恢復和發揚

　　梁啟超總結乾嘉學風有十大特色，[6]可一言以蔽之：實事求是、

4　王力：《中國語言學史》（太原市：山西人民出版社，1981年），頁157。
5　黃侃：《文字聲韻訓詁筆記》（上海市：上海古籍出版社，1983年），頁12。
6　參見梁啟超《清代學術概論》（天津市：天津古籍出版社，2003年），頁44至45。

無征不信。這種學風的恢復和發揚同樣具有「革命」性意義。明清之際，社會動盪，理學空疏衰敗，清代學術開山之祖顧炎武高舉反理學之大旗，開「朴學」學風之端緒；中經閻若璩、惠棟、戴震、錢大昕等人的推闡發揚，迄至段、王而臻于極盛。清代「朴學」繼承古代經學家考據訓詁的方法，以經學為主，以漢儒經注為宗，學風平實、嚴謹，不尚空談。但清代「樸學」不是簡單地重複「許鄭之學」，而是不墨守、敢創發、講方法、有樸素歷史觀念的新「樸學」。

乾嘉學術以講究訓詁考據為特色，這一特色始終貫徹了新「樸學」的學風，體現在訓詁上，表現為：一是嚴謹、科學的訓詁方法。乾嘉訓詁凡立說必持之有據，既不盲從，也不妄立，實事求是，無征不信，訓詁方法也臻於科學。梁啟超先生就以「注意」、「虛己」、「立說」、「搜證」、「斷案」、「推論」等六端概括王氏父子訓詁的科學方法。[7] 趙振鐸則以「充分佔有資料、堅持科學的求實態度、以聲音通訓詁」[8] 加以概括。二是對中國幾千年的傳統訓詁進行了系統的整理與總結。有清以前之訓詁材料浩繁，其中不乏舛誤錯訛，清代學者（以乾嘉學者成績最為卓著）以「樸學」之實事求是的學風，或校注，或辨偽，或輯佚，拾遺鉤沉，闡幽著微，對傳統訓詁進行爬梳整理，系統、全面地清理和總結了傳統訓詁著作。李建國先生就指出：「他們成功地總結訓詁學的歷史經驗，為近代訓詁學發展鋪平了道路。」[9]

二　楊氏的歷史繼承

李建國說：「（清代訓詁學家）發現『訓詁之旨，在聲音不在文

7　參見梁啟超《清代學術概論》（天津市：天津古籍出版社，2003年），頁43至44。

8　趙振鐸：《讀〈廣雅疏證〉》，《中國語文》1979年第4期。

9　李建國：《漢語訓詁學史》（上海市：上海辭書出版社，2002年修訂版），頁289。

字』的原理，重倡因聲求義的方法，從而為近代語言學革命奠定了基礎。……這一語言觀點的萌發和方法上的突破，為近代訓詁學家純粹由語音和語義的結合上推導語源、研究語義開了先河。」[10]楊樹達訓詁於乾嘉訓詁乃至整個傳統訓詁均有繼承，王力指出：「楊氏繼承了乾嘉的樸學，各方面的造詣都頗深。」王氏在評價楊樹達的語法研究後又說：「後來楊樹達索性繼承乾嘉學派的事業，去搞他的小學去了。」[11]

　　楊氏年幼即受教乾嘉訓詁之書。他自述說：「予年十四五，家大人授以郝氏《爾雅》、王氏《廣雅》二疏，始有志於訓詁之學。」[12]並對王氏所治訓詁、語法之精審非常佩服。「生平服膺高郵王氏，念王氏兼治虛實，學乃絕人。」[13]「凡讀書者有二事焉：一曰明訓詁，二曰通文法。訓詁治其實，文法求其虛。清儒善說經者，首推高郵王氏。其所著書，如《廣雅疏證》，征實之事也；《經傳釋詞》，搗虛之事也。其《讀書雜誌》、《經義述聞》，則交會虛實而成者也。」[14]皮錫瑞雲：「段玉裁《說文解字注》，昌明許慎之書。……而經學訓詁以高郵王氏念孫、引之父子為最精，郝懿行次之。是為訓詁學。」[15]可見，楊氏所讀可謂得乾嘉訓詁之最精要。

　　「前清乾嘉以後，學者們盛倡義存乎聲之說，高郵王氏念孫、引之父子多所發明。」[16]而楊氏對乾嘉的「聲近義通」之說，可謂深得

---

10 李建國：《漢語訓詁學史》（上海市：上海辭書出版社，2002年修訂版），頁288至289。

11 王力：《中國語言學史》（太原市：山西人民出版社，1981年），頁179、頁207。

12 楊樹達：《積微居小學金石論叢・自序》（北京市：中華書局，1983年），頁13。

13 同上。

14 楊樹達：《詞詮・序例》（北京市：中華書局，1978年），頁5。

15 皮錫瑞：《經學歷史》（北京市：中華書局，2004年），頁242。

16 楊樹達：《積微居小學述林・自序》（北京市：中華書局，1983年），頁5。

其要領。楊氏又雲：「自清儒王懷祖郝蘭皋諸人倡聲近則義近之說，於是黃承吉劉師培先後發揮形聲字義實寓於聲，其說亦即圓滿不漏矣。」「予年十五，家君授以郝氏《爾雅》、王氏《廣雅》，頗知聲近義通之說。」[17]

　　羅常培說：「遇夫先生的研究方法，主要是得之于高郵王氏父子和金壇段氏。」[18]先看楊樹達之于段玉裁：

　　　　段玉裁：凡從雲聲之字皆有回轉之義。（《段注・口部》）《說文》：軍，圓圍也。段注：于字形得圓義，於字音得圍義。凡渾、（車軍）、輝等軍聲字皆兼取其義。……包省當作勹。勹，裹也。勹、車，會意也。（《段注・車部》）

　　　　楊樹達：包聲字有包裹義……《說文・十四上・車部》：「軍，圓圍也。從車，從包省。」軍字從包省而訓圓圍，與抱為包裹義正同。（《論叢・字義同緣於語源同例證》）又：雲受形義於回轉……回又有周回之義，故雲又孳乳為軍。《說文・十四上・車部》雲：「軍，圓圍也。從車，從包省。」（《論叢・說雲》）

　　　　段玉裁：凡從曾之字皆取加高之意。（《段注・土部》）

　　　　楊樹達：贈從曾聲，故有增益之義。……曾有益義，故從曾聲之字多含加益之義，不惟贈字為然也。（《論叢・釋贈》）

　　　　段玉裁：凡坙聲之字皆訓直而長者。（《段注・阜部》）楊樹達：坙聲多含直立之義。（《論叢・字義同緣於語源同例證》）

---

17 楊樹達：《論叢・形聲字聲中有義略證》（北京市：中華書局，1983年），頁39、頁51。

18 羅常培：《悼楊樹達（遇夫）先生》，《楊樹達誕辰百周年紀念集》，（長沙市：湖南教育出版社，1985年），頁255至256。

段玉裁：《說文》：「襛，衣厚貌。從衣農聲。（詩）曰『何彼襛矣』。」段注：凡農聲之字皆訓厚。（《段注·衣部》）

楊樹達：重聲、竹聲、農聲字多含厚義。（《論叢·形聲字聲中有義略證》）

由以上可以看出，楊氏于段君「聲義貫通」之說多有繼承。但段氏大多以「凡」、「皆」言之，有「右文說」執偏概全之病；楊氏雲「多」，蓋源於其對「一義可多聲」、「一聲可多義」的認識，如：

叚聲字多含大義。（《論叢·釋雌雄》）

叚聲字多含赤義。（《論叢·形聲字聲中有義略證》）

楊氏發現叚聲兼有「大」義、「多」義，自然不言「凡」、「皆」而言「多」，以去執偏之病。

再看楊樹達之于王念孫：

王念孫：《疏證·釋詁》卷三上：「侹者，《玉篇》音他頂切。《爾雅》：頲，直也。襄五年《左傳》：周道挺挺。杜注雲：挺挺，正直也。《曲禮》：鮮魚曰脡祭。鄭注雲：脡，直也。並字異而義同。」

楊樹達：《論叢·釋經》（為簡明見，楊氏文字所述以表示之）：

表 1 楊樹達《釋經》

同義字	經	巠	廷	庭	頲	挺	侹	脡	斑	徑	淫	脛	鋞	聲義關係：聲、巠聲孳乳之字多訓直
聲符	巠	★(省)	★(省)	廷	廷	廷	廷	廷	廷	巠	巠	巠	巠	
意義	直	水脈	直	直	直	直	平直	直	挺直	直	直波	直長	圓直	

王念孫：《疏證‧釋器》卷八上：「★，漿也。」疏證：《說文》：，雜味也。又雲：牻，白黑雜毛牛也。，牻牛也。《春秋傳》曰牻。雜和謂之，雜毛牛謂之，其義一也。

楊樹達：《說文‧四篇下‧酉部》雲：「★，雜味也。又《二篇上‧牛部》雲：「，牻牛也。引《春秋傳》曰：牻。」按牻下雲：「白黑雜毛牛。」據二文觀之，京聲字蓋有雜義。按京訓人所為絕高丘，與雜義不相會，頗難索解。考《三篇上‧部》雲：「，五味和羹也。」或作羹。按羹訓五味相和，飲食之事也。《八篇上‧衣部》雜味五采相合，衣服之事也。五采相合為雜，則五味相合亦具雜義矣。古京與羹同音，從京猶從羹也。」（《論叢‧釋》）另附簡表示之：

表 2 楊樹達《釋》

同義字	★	★	鬻	羹	聲義關係：京聲有雜義；京、羹古音同，從京猶從羹；鬻、羹異體
構造	京聲	京聲	從從羔從	羔從美	
意義	雜味	雜色牛	五味和羹	五味相和	

王念孫：《疏證‧釋宮》卷七上：「楣、簷，梠也。」《說文》：「梠，楣也。」……《釋名》雲：「梠，旅也，連旅之

也。」……凡言呂者，皆相連之意。眾謂之旅，紩衣謂之絽，脊骨謂之呂，桷端榜聯謂之梠。其義一也。」

楊樹達：《論叢・形聲字聲中有義略證》（簡表示之）：

表3　楊樹達《形聲字聲中有義略證》

同義字	呂	侶	闾	旅	梠	絽	筥	櫚	櫨	聲義關係：呂聲、旅聲、盧聲字多含連立之義
聲符	呂	呂	呂	從(形)	呂	呂	呂	呂	盧	
意義	脊骨相連	伴	群侶	軍五百人	屋楣	縫衣使相連	禾四秉	葉密佈	屋上	

王念孫：《疏證・釋詁》卷三上：「幾，微也。」疏證：「幾之言幾希也。《繫辭傳》雲：幾者，動之微。《皋陶謨》雲：惟幾惟康。《說文》：仉，精詳也。嘰，小食也。司馬相如《大人賦》雲：咀噍芝英分，嘰瓊華。《眾經音義》卷九引《字林》雲：璣，小珠也。《玉篇》：鐖，鉤逆鋩也。《淮南子說林訓》雲：無鐖之鉤，不可以得魚。《方言》雲：鉤，自關而西，或謂之（金微）。郭璞音微。是凡言幾者，皆微之義也。」

楊樹達：《言部》又雲：「譏，誹也，從言，幾聲。」按《四篇下・絲部》雲：「幾，微也。」故幾聲字多含微小之義。《二篇上・口部》雲：「嘰，小食也，從口，幾聲。」《十三篇上・蟲部》雲：「蟣，蝨子也，從蟲，幾聲。」此蟲之微小者也。幾又有不足之義。《五篇下・食部》雲：「穀不熟為饑」，是也。譏從言從幾，謂言其微小不足，故為誹也。（《述林・字義同緣於語源同續證》）另附簡表示之：

表 4　楊樹達《字義同緣於語源同續證》

同義字	幾	嘰	蟣	饑	譏	聲義關係：幾聲字多含微小之義；幾又有不足之義
聲符	幾	幾	幾	幾	幾	
意義	微小	小食	小蟲	不足	誹小而輕之	

　　由以上可見，楊氏聲義之說當受王氏啟發，且多有申發。王氏突破字形（右文）束縛（如「呂」、「旅」），且「深合於以聲為義之理」（沈兼士語），但沈氏又說：「惜其說散慢，未具系統。」[19]楊氏不僅突破字形，且長於「創通大例」，如雲「京聲字蓋有雜義」、「古京與羹同音，從京猶從羹」，「幾聲字多含微小之義，幾又有不足之義」。

　　現以段、王、楊分析叚聲字義為例進行比較：

> 段玉裁：凡叚聲多有紅義。……凡叚聲如瑕、騢、鰕等皆有赤色。古亦用鰕為雲䮧字。（《段注‧馬部》）王念孫：《疏證‧釋地》卷七九下：「赤瑕。」《說文》：瑕，玉小赤也。司馬相如《上林賦》：赤瑕駮。張注云：赤瑕，赤玉也。張衡《七辯》云：玩赤瑕之璘㻞。瑕者，赤色之名。赤雲氣謂之霞，赤玉謂之瑕，馬赤白雜謂之騢，其義一也。楊樹達：叚聲字多含大義。（《論叢‧釋雌雄》）叚聲字多含赤義。（《論叢‧形聲字聲中有義略證》）另附簡表示之：

---

19 沈兼士：《右文說在訓詁學上之沿革及其推闡》，《沈兼士學術論文集》（北京市：中華書局，1986年），頁97。

表5　楊樹達《形聲字聲中有義略證》

同義字	瑕	蝦	霞	縀	騢	罏	豭	蝦	假	假	
聲符	叚	叚	叚	叚	叚	叚	叚	叚	叚	叚	聲義關係：叚聲字多含大義。叚聲字多含赤義
意義	玉小赤	熟後赤	赤雲氣	赤色	赤白馬	牡鹿	牡豕	大鯢	大	大牛	

　　段氏例舉瑕、騢、鰕、縀四字，便雲「凡叚聲多有紅義」[20]；王氏具體分析後雲：瑕、霞、騢三字「其義一也」；楊氏例舉瑕、騢、鰕、縀、霞五字雲：「叚聲字多有赤義」，例舉罏、豭、蝦、假、假五字又雲：「叚聲字多有有大義。」可見，關於「聲義貫通」之說，段氏失之於寬，執偏以概全；王氏太過謹嚴，未精於「創通大例」；至於楊氏，用他自己的話總結，即「蓋予循聲類以探語源，因語源而得條貫，其徑程如此。獨念勝清三百年間，小學如日中天，臻于極盛。金壇段氏高郵王君夐絕一世，其於創通大例，顧未有聞，予以頑質，乃邂逅得之」。[21]

　　韓國的韓宗完說：「他（楊樹達）的文字訓詁、金石考據，是從高郵二王、金壇段玉裁脫胎來的，平實、細密、無征不信。」[22]「脫胎」二字，當理解為「繼承發揚」；「平實、細密、無征不信」，則完全是乾嘉學派的訓詁考據之風。

　　楊樹達之文字訓詁注重實證，徵引博洽，他自己就說：「我於傳

20　劉又辛先生說：「具有赤義的字，只有瑕、騢、鰕、縀（新附）、霞（新附）五個字。用五個字和沒有赤義的十三個字相比，只是少數。」《「右文說」說》，《文字訓詁論集》（北京市：中華書局，1993年），頁69。

21　楊樹達：《積微居小學金石論叢‧自序》（北京市：中華書局，1983年），頁14。

22　韓宗完：《日記裡的楊樹達》，《人物》2003年第11期。

注之外，凡現代語言及其它一切皆取之做我的材料，故所涉較廣。」[23]
楊氏文字訓詁不因襲泥古，闕疑求真，孤證不妄，他在《答人論文字學書》中就說：「樹達近年研討文字之學，于許書不肯過信，亦不欲輕詆，可信者信之，疑而不能決者闕之，其有訂正許說者，必於故書雅記廣求征證，確見其不然，然後信之，若單文孤證，則姑以為假定，不敢視為定論也。」[24]楊氏曾以「六綱」、「五事」[25]概括其治學方法，並說：「拿前舉的六綱為經，後舉的五事為緯，交錯推衍，以之說字，往往左右逢源，無往不利。」[26]茲引楊氏自述之一例，以見其平實、細密之風：

> 又如辰字辱字，《說文》都說得全無道理。我因為金文辰字做蜃蛤的形狀，又據《說文》裖字說解，知辰是蜃字的初文。辱字從寸從辰，表示手持蜃蛤。《淮南子・氾論篇》說：「古人摩蜃而耨，」因悟到辱字是耨的初文，《說文》作槈鎒，是後起的加旁字。這個字又很明白地看得出：是拿六綱中的形義密合及廣征經傳利用甲金文三事和五例中的象形會意字有加旁字綜合推衍出來的。(《述林・自序》)

茲再舉三例，證形一例（《釋晉》）、證義一例（《釋嫁》）、證音

---

23 楊樹達：《積微居小學述林・自序》（北京市：中華書局，1983年），頁5。

24 楊樹達：《積微居小學述林》（北京市：中華書局，1983年），頁305。

25 「六綱」是：一、受了外來影響；二，思路開闊了；三、一直在做批判接受的工作；四、所涉很廣；五、儘量利用古韻和甲金研究的新成果；六、死抓字形不放。「五事」是：一、形聲字聲中有義；二、文字構造時已有通借；三、意義相同之字構造相類；四、象形、指示、會意、形聲之字往往有後起加旁字。五是象形、指示、會意字往往有後起形聲字。《積微居小學述林・自序》，頁5至6。

26 楊樹達：《積微居小學述林・自序》（北京市：中華書局，1983年），頁6。

（假借）一例（《釋慈》），以管窺其訓詁的實證之風（為簡明見，據原文整理成下表示之）：《論叢・釋晉》：

晉箭之古文 {
1.證以甲金文：（1）格伯；（2）魏三體石經；（3）甲文及《晉邦》；
2.證以經典異文：（1）《儀禮》鄭注；（2）《周禮》鄭注；
3.證以傳記本字：《吳越春秋》「晉竹」即「箭竹」（依段說）；
4.證以引申義和字形相合：後起字「搢」字之義；
5.證以金文省形字。
}

《論叢・釋嫁》：

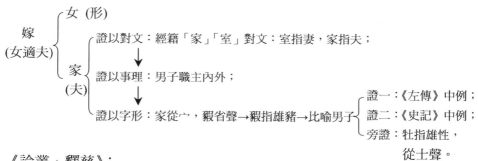

《論叢・釋慈》：

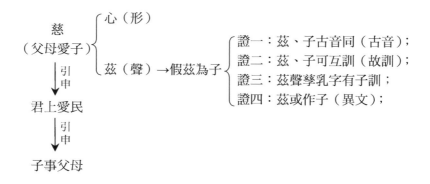

曾運乾先生曾評價楊氏的文字訓詁：「跡其功力所至，大率　繹許書，廣綜經典，稽諸金石以究其源，推之聲韻以盡其變，于許氏一

家之學，不敢率為異說，亦不肯苟為雷同。每樹一義，按之字例而合，驗之聲韻而准，證之經典舊文而無乎不洽，六通四辟，周幣旁皇，直令讀者有渙然冰釋、怡然理順之樂。」[27]曾氏之語可謂是對楊氏治學之風和方法的集中概括。

第二節　湘學餘緒

中國古代宗法社會的基本格局，賦予地域學術和學術世家以特殊的歷史地位。惟楚有材，于斯為盛，楊樹達出生於「湘學」形成的中心，其學術、思想當然受其沾被。張舜徽先生就說：「湖南人的治學精神與江浙一帶不同，走的是博通的路。近三百年間，如王夫之、王先謙、王闓運，是清代湘學中的代表人物。他們的學問極其廣大，遠非江浙所能及。楊先生少時承湘學餘緒，有志昌大，在前人治學的基礎上，更加精進不已。」[28]

一　湘學、皖派兼承

（一）小學：不湘而皖

作為地域學術和文化傳統的湘學，形成于兩宋時期，是宋代理學的一個重要派別。胡安國、胡宏父子、張栻、王船山（夫之）、魏源、曾國藩是其形成以來不同時期的代表人物。湘學涵及政治、哲學、宗教、藝術、史學、文學等意識形態，理學為宗，兼收並蓄，博采眾家，維新求變。晚清的經世救亡思潮終於催生了湘學形態的近代

---

27 曾運乾：《積微居小學述林・曾序》（北京市：中華書局，1983年），頁1至2。
28 引自王玉德《張舜徽先生的學術成就與貢獻》，《文獻》1997 年第4期。

轉型，即將理學和實學結合，體現出強烈的民族情懷、憂患意識和經世致用思想：魏源主張「師夷長技」，由經涉史，以史致用；曾國藩興辦洋務以圖存，漢宋兼治；譚嗣同維新變法，以身殉「理」。湘學以理學為其傳統，以通經致用為要務，而疏于「小學」。錢穆先生在《中國近三百年學術史》中就說：「清儒考證之學，盛起于吳皖，而流行於全國，獨湖湘之間被其風最稀。」章太炎也曾說湖南「三王不識字」：「荊舒《字說》橫作，自是小學破壞，言無典常。明末有衡陽王夫之，分文析字，略視荊舒為愈。晚有湘潭王闓運，亦言指事、會意，不關字形。此三王者，異世同術，後雖愈前，乃其刻削文字，不求聲音，譬喑聾者之視書，其揆一也。」（《國故論衡・小學略說》）當然，湘、皖並無高下，學術旨趣、取向不同而已。

　　楊樹達同鄉摯友、訓詁學家曾運乾（星笠）於 1945 年辭世，楊氏悼念之餘，也表達了和錢、章相似的看法：

　　　　湘士在有清一代大抵治宋儒之學，自唐陶山（仲冕）承其家學（父煥，曾有辨《偽古文》著述）；餘存吾（廷燦）游宦京師，兩君頗與戴東原之學接觸。陶山之子鏡海（鑒）仍折歸宋學。乾嘉之際，漢學之盛如日中天，湘士無聞焉。道光間，邵陽魏氏治今文學，承其流者有湘潭、長沙二王氏（王闓運、王先謙），善化皮氏（皮錫瑞）；皮氏尤為卓絕。然今文學家，不曾由小學入；故湘中學者承東漢許、鄭之緒以小學音韻、訓詁入手進而治經者，數百年星笠一人而已。[29]

---

29 楊樹達：《積微翁回憶錄》，1945年1月20日日記（上海市：上海古籍出版社，1986年），頁219至220。

　　楊樹達遠紹段王，主治「小學」，走的是朴學的路子，有人就謂楊氏治學「不類湘學」。楊氏日記中曾私下批評黃侃為學「溫故不能知新」，謂其「不皖而吳」[30]；套用此語，楊氏則可謂是「不湘而皖」了（僅指學風而言）。章太炎就曾誇楊氏說：「遇夫心思精細，殆欲突過其先輩矣。」[31]陳寅恪先生在《積微居小學金石論叢續稿序》中也說：

> 百年以來，洞庭衡岳之區，其才智之士多以功名著聞於世。先生少日即已肄業于時務學堂，後複遊學外國，其同時輩流，頗有遭際世變，以功名顯者，獨先生講學于南北諸學校，寂寞勤苦，逾三十年，不少間輟。持短筆，照孤燈，先後著書高數尺，傳誦於海內外學術之林，始終未嘗一籍時會毫末之助，自致于立言不朽之域。與彼假手功名，因得表見者，肥瘠榮悴，固不相同，而孰難孰易，孰得孰失，天下後世當有能辨之者。[32]

---

30 楊氏1943年11月9日日記中有一戲聯批黃侃：「無周公之才，既驕且吝；受章君之教，不皖而吳。」1935年11月1日日記又雲：「清儒學問本分兩派：皖派江、戴，主實事求是；吳派惠氏，言信而好古。皖派有解放精神，故能發展；吳派主墨守，則反之。戴弟子有王、段、孔三家，各有創見。惠弟子為江聲、余蕭客輩，抱殘守缺而已。俞蔭甫私淑高郵，太炎師蔭甫，實承皖派之流而益光大之。季剛受學太炎，應主實事求是；乃其治學力主保守，逆轉為東吳惠氏之信而好古。……世人皆以季剛不壽未及著書為惜，余謂季剛主旨既差，雖享伏生之年，於學術空無多增益也。」（《積微翁回憶錄》）又：楊氏作《溫故知新說》雲：「溫故不能知新，其病也庸。」實暗指黃侃。今按：以上當為楊氏成見之語，黃氏之學自有公評。

31 湖南師大學報編輯部：《楊樹達誕辰百周年紀念集》（長沙市：湖南教育出版社，1985年），頁1。

32 湖南師大學報編輯部：《楊樹達誕辰百周年紀念集》（長沙市：湖南教育出版社，1985年），頁10。

　　其實，湘人治經，只是較吳、皖黯然，但不乏精專。湘人歐陽厚均、賀熙齡等共創「湘水校經堂」以後，以經史實學造士，一時「三吳漢學入湖湘」；道、咸以降，遂湧現出魏源、王闓運、皮錫瑞、王先謙、葉德輝、胡元儀等朴學大師，而楊樹達、曾運乾、餘嘉錫、張舜徽等便是其遺澤餘韻。

　　楊樹達早年就曾直接受業于經學名家胡元儀、文獻及版本學家葉德輝。湘潭葉德輝（1864-1927），號郋園，學術上算是個皖派。葉氏學術上反對今文經學，主張乾嘉時代的考據學，亦以考據見長，對湖湘學術不重視文字訓詁頗多批評。[33]黃侃謂楊氏曰：「湘中大師僅郋園在，兄親承師法，其所考訂足以啟吾頑陋而成就之者多已。」[34]楊氏也贊其師：「吾師湘潭郋園先生，早歲登朝，謝榮歸裡，杜門卻掃，述作自怡然，于時長沙耆宿有湘陰郭侍郎玉池先生，湘潭王孝廉湘綺先生，長沙王祭酒葵園先生，皆東南物望，壇坫盟主。……嘗謂自來經術，莫盛有清，先生生丁末季；殿彼一朝，大可理初，愧其博洽，淵如西莊，遜其專詣。信學林之偉業，曠代之鴻儒。」（《〈郋園全書〉序》）

（二）史學：一脈相承

　　湘人治史，有其一脈相承的傳統。兩宋以來，胡氏父子、張栻、王船山均注重治史，其實學特色亦尤為明顯：以史為鑒，以史資治。近代以來，湘人經世史學因應時勢而興。魏源由經學入政治，以經入史，著有《聖武記》、《海國圖志》、《道光洋艘征撫記》、《元史新編》和《明代食兵二政錄》等，體現出強烈的「以史致用」意識；王闓運

33　參見王繼平《湖南晚清史》（長沙市：湖南人民出版社，2004年），頁457。
34　轉引自韓宗完《日記裡的楊樹達》，《人物》2003年第11期。

以今文經學名家，史學貢獻在於編撰了《湘軍志》；另外，李元度、李恒、譚嗣同、陳天華等的史學觀和史學著作也都體現出「經世史學」的特色。長沙皮錫瑞通經致用，以經史稱名，著有《經學歷史》和《經學通論》；在封建正統史學方面，楊氏師葉德輝以元史研究見長，所校《元朝秘史》保留了元抄本的特色；王先謙（葵園）的正統史學成就則以《漢書補注》和《後漢書集解》為代表。楊氏少時受其父及鄉賢影響，亦好史籍，尤嗜班書，成有《漢書窺管》、《漢代婚喪禮俗考》。陳寅恪曾謂楊氏曰：「湖南前輩多業《漢書》，而君所得獨多，過於諸前輩矣。」[35]駱鴻凱述黃侃雲：「遇夫於《漢書》有發疑正讀之功，文章不及葵園，而學問過之。《漢書補注》若成於遇夫之手，必當突過葵園也。」[36]余嘉錫說楊氏「頌班孟堅書不復持本，終卷不失一字，古所謂漢聖無以遠過」。[37]

二　為學獨立、致用

（一）「獨立根目錄性」

楊氏繼承了湘人的性格基因。湘人于戰剛堅，楊氏為學勤苦，一生手不釋卷，著述不輟，以兼人之力，獲倍人之功；湘學「博通」，楊氏眾采，「思路開闊」，「一切皆取之做我的材料」；湘人倔強、獨立，不為古學所囿，楊氏則不墨守段王許君，[38]為學自辟蹊徑，「批判

---

35 楊樹達：《積微翁回憶錄》，1932年5月26日日記（上海市：上海古籍出版社，1986年），頁63。

36 同上。

37 餘嘉錫：《積微居小學金石論叢序》，《楊樹達誕辰百周年紀念集》（長沙市：湖南教育出版社，1985年），頁19。

38 1946年楊樹達62歲生日，學生有詞曰：「叔重以來幾萬家，都吃這杖兒一頓打煞。」（杖兒指楊氏所用拐杖。）詼諧、準確地表現了楊氏為學之不墨守之風。

接受」,「前人所受的桎梏,我努力掙扎擺脫他」。因此,楊氏治學,表現出的全然是湘人氣慨:「獨立自由之思想,堅強不磨之志節。」[39]

(二) 致用學風

　　楊氏鄉學之「通經以致其用」思想於他也不無影響。楊氏一生潛心學問,設教治學,但經世致用之心未泯。楊氏 13 歲入時務學堂,梁啟超教以《孟子》及《公羊春秋》,鼓吹民權主義,楊氏深受影響;楊氏弱冠留日,也是「激於國難」,當時即抱有讀書救國大志;1919 年,湖南軍閥張敬堯鎮壓愛國運動,楊氏積極參與驅張活動,被推為教職員代表,與學生代表毛澤東等同赴北京請願。

　　治學授業,楊氏也多處表現其經世愛國思想。1918 年南北戰爭時期,楊氏感時傷懷,憂心民生,輯《老子古義》,雲:「餘念老子『天地不仁,以萬物為芻狗』及『兵者,不祥之器』諸語,始輯《老子古義》,凡五十日而竟。」[40]

　　楊氏避難辰溪,日機不斷轟炸,楊氏憤慨,遂于湖南大學專設「春秋大義」課程,古為今用,根據梁啟超當年所授的「微言大義」,以《公羊傳》為主,闡述《春秋》「復仇」、「攘夷」之旨,並以「迫於遲暮,不能執干戈衛國」自恨,後成《春秋大義述》一書出版。

　　楊氏治語源訓詁,也是為了整理國故,澤被後學,其情切切,雲:「方今外寇鴟張,黨人偷樂,國家在驚濤駭浪之中,吾人既不能執干戈以衛社稷,則整理文化留貽子孫,非吾輩任之而誰任之哉?」並認為他所孜孜以求的語源之學有「四善」:

---

39 錢基博語,引自《近百年湖南學風》(北京市:中國人民大學出版社,2004年),
　頁1。

40 楊樹達:《積微翁回憶錄》(上海市:上海古籍出版社,1986年),頁12。

——蓋語根既明，則由根以及幹，由幹以及枝葉，綱舉而萬目張，領挈而全裘振，於是訓詁之學可以得一統宗，清朝一代極盛之小學可以得一結束，其善一也；

——吾祖先文字之製作實有極精之條貫存於其間。……若吾人將此種條貫理會明白，使國人知祖宗製作之精，將油然生其愛國之心，其善二也；

——假使故訓條理清明，則學者斷不至有望洋之歎，而記憶有捷徑可尋，吾敢斷言其成績必遠超乎今日之上，其善三也；

——近世一般人頗感於舊式字典之不完，而欲重為編纂。然餘觀西方之字典，即極尋常之種類，亦必附有語源，備人尋檢。今之欲編新式字典者，附載語源乎？抑不載乎？若不載耶？何以異於舊者也。若附載耶？將從何措手也？故吾意必語根研究明白，而後有真正新式完備字典之可言。(《論叢‧形聲字聲中有義略證》)

楊氏研究語法、修辭，十分強調民族特色，反對照抄他族，認為「吾先民有極精核之文法知識」(《論叢》)。他在《中國修辭學‧自序》中又說：「若夫修辭之事，乃欲冀文辭之美，與治文法求達者殊科。族姓不同，則其所以求美之術自異。況在華夏，曆古以尚文為治，而謂其修辭之術與歐洲為一源，不亦誣乎？昧者顧取彼族之所為一一襲之，彼之所有，則我必具，彼之所缺，則我不能獨有，其貶己媚人，不已甚乎！吾今不欲謂吾書足以盡吾國修辭之全，第欲令世之治此學者，知此事為一族文化之彰表，義當沈浸於舊聞而以鉤稽之法出之，無為削己足而適人屨，庶足令後生之士有自尊其族姓之心，而他媚之狂或以少戢雲爾。」

第三節　時代影響

一　近代語源學

　　記錄漢語的漢字是表意文字，古代語言學家也總是通過漢字的形體來認識漢語，而拘於形體的直接後果就是字、詞不分，文字和語言相混。因此，古人對於音義關係的科學認識相當緩慢，加上漢語言文字之學的附庸地位，致使漢語語源學較不發達。相比之下，印歐語系是表音文字，語源之學較為發達。近代的西學東漸之風，使大批語言文字學家接觸到了印歐語言及其語源學，其科學的思維方法、先進的語源學理論，都對漢語語源研究產生很大影響，近代漢語語源的研究也因之蔚然成風。

　　楊樹達頗得段、王聲義貫通之說的要領，留學日本時又「日治歐洲語言及諸雜學」。「聲近義通」的根柢，西方語源學的影響，使楊氏在文字訓詁時自然要求探求文字的聲義之源，楊氏就曾說：「我治文字學的一個重要目的是在求得一些文字的語源。」[41]楊氏曾自述其所受歐洲語源學的影響：

　　　　我研究文字學的方法，是受了歐洲文字語源學 etymology 的影響的。少年時代留學日本，學外國文字，知道他們有所謂語源學。偶然翻檢他們的大字典，每一個字，語源都說得明明白白，心竊羨之。因此我後來治文字學，儘量地尋求語源。往年在《清華學報》發表文字學的論文，常常標題為語源學，在這以前，語源學這個名詞是很少見到的。這是我研究的思想來源。（《論叢‧自序》）

---

41 楊樹達：《積微居小學金石論叢‧自序》（北京市：中華書局，1983年），頁5。

　　楊氏「儘量地尋求語源」主要體現在《論叢》和《述林》所收有
關文字探源的 180 多篇文章中，下以「單字考釋之屬」和「通考系聯
之屬」兩表明之。

表 6　單字考釋之屬（考釋單個字詞的論文）

論著	《述林》（120 篇）			《論叢》（60 篇）	
卷次篇數	卷一 45 篇	卷二 40 篇	卷三 35 篇	卷一 43 篇	卷二 17 篇
內容	明形聲字語源	音同音近字為語源者 18 篇	明文字初文者 21 篇	說字義申許說 5 篇	說文字制字之義，因聲探求文字之源	說文字用字之義，因聲系聯同源詞
		同一聲類孳乳字為語源者 7 篇		同一聲類孳乳多字一義貫串者 5 篇		
		聲旁即語源者 20 篇	說字義訂正許說者 19 篇	雜說義 3 篇		
				說字形申許說 5 篇		
				說字形修正許說 5 篇		
				說字音正許說 1 篇		
				說古文字 3 篇		
特點	第一卷專論語源；第二、三卷主要釋義，但大都和語源有關			探源釋義，以探源為其重點	

表 7　通考系聯之屬（揭示聲中有義規律的論文）

論文	作文時間	所載文集	內容特點
形聲字聲中有義略證	1934年1月	《論叢》第3852頁	通過綜合具體文字訓詁材料，由文字假借、孳乳，形聲字聲符，同義字系聯等，歸納出同源詞的規律條例
字義同源於語源同例證	1935年7月	《論叢》第5274頁	
造字時有通借證	1943年6月	《論叢》第97109頁	
文字孳乳之一斑	1947年9月	《論叢》第153164頁	
字義同源於語源同續證	1950年1月	《論叢》第171181頁	
文字初義不屬初形屬後起字考	1950年6月	《論叢》第181202頁	

　　楊氏「儘量地尋求語源」的目的，在於以聲統義，更好地進行訓詁。他說：「夫義生於聲，則以聲為統紀，豈惟《爾雅》、《說文》、《方言》、《廣韻》當為所貫穿哉，舉凡《經籍纂詁》之所纂，《小學鉤沉》之所鉤，凡一切訓詁之書，將無不網羅而包舉之矣。」進而像西方語源學那樣，由「語根」統帥領挈訓詁之學。他又說：「語言之根柢，歐洲人謂之 etymology，所謂語源學也。蓋語根既明，則由根以及幹，由幹以及枝葉，綱舉而萬目張，領挈而全裘振，於是訓詁之學可以得一統宗，清朝一代極盛之小學可以得一結束。」[42]

　　章太炎為近代語源學導夫先路，其所著《文始》是第一部對漢語詞源作全面研究的著作。《文始》以古聲韻為經，以初文為緯，以轉注為造字之法，用孳乳、變易為兩大條例，系聯同族詞。「《文始》的

---

42 楊樹達：《論叢・形聲字聲中有義略證》（北京市：中華書局，1983年），頁50至51頁。

問世，標誌著新訓詁學的開始。」[43]楊樹達的訓詁研究自然也要受到章太炎「新訓詁學」的影響。楊氏自述：「1930年，文法三書成，乃專力於文字之學。初讀章君《文始》，則大好之，既而以其說多不根古義，又謂形聲字不含義，則又疑之。」[44]《文始》中初文、語根、孳乳、變易等概念都給楊樹達的文字探源研究以重要影響。當然，楊樹達對章太炎的「新訓詁學」是批判接受的：

> 京聲字蓋有雜義。……古京與羹同音，從京猶從羹也。……章氏《文始》謂得義於鹵，按鹵模唐二部陰陽對轉，音理固為可通，惟鹵鹹第為五味之一，不含雜義，似不如謂受義於羹較為吻合矣。（《論叢・釋》）

從楊氏的既好又疑中，足見其所受章君語源之學的影響。

楊樹達與同時代的著名學者交遊頗廣，如章太炎、黃侃、郭沫若、陳寅恪、陳垣、沈兼士、曾運乾、餘嘉錫、吳承仕、董作賓、高步瀛、於省吾等。楊氏與時彥或切磋砥礪，或贈著問學、序跋互贈，或書劄往來，其文字訓詁也於交流中所受沾漑良多。楊氏亦曾自述這種影響：「余撰文字，往往印成講義。亦偶布于諸雜誌，必以其餘份寄呈友人求教。諸友意在勵餘，時時加以獎籍。亦有貢獻己意，加以商榷，而餘遂據以或改正者；以此余得益甚宏。」[45]茲僅引數例明之：

> 《說文・八篇下・尾部》雲：「屬，連也。」余向疑其泛訓，
> 余友沈君兼士告餘：「今俗謂人之構為屬，獸之孳尾為連，非

---

43 楊潤陸：《〈文始〉說略》，《北京師範大學學報》1989年第4期，第43至52頁。

44 楊樹達：《積微居小學金石論叢・自序》（北京市：中華書局，1983年），頁13。

45 楊樹達：《積微翁回憶錄・自序》（上海市：上海古籍出版社，1986年）。

泛訓也。」余初未深信，繼讀《呂氏春秋・明理篇》雲：「犬
彘乃連，」高誘訓連為合，信兼士良審。（《述林・釋豕》）
余友陳君公培喜研討文字之學，一日訪余于嶽麓山，謂餘曰：
「對（對）字從寸從丵，與應對義不相涉。《詩・大雅・皇矣
篇》雲：『帝作邦作對』，以對與邦並言，對義當與邦近。許君
訓應無方，殆非是。」余按陳君之說甚碻。（《述林・釋對》）
三十日。與高閬仙書。閬仙昨日以李善注《羽獵賦》引「杜鄴
上書，三垂晏業」之語相問，遍檢諸杜上書，不得。今日複
檢，乃知其出《穀永傳》，蓋以永、鄴同傳，故善誤題鄴。急
告知閬仙。（1928年4月30日日記，《積微翁回憶錄》）
廿一日。陳寅恪寄示所著《元白詩箋證》。連日閱之，既博且
精，詩家箋注從來未有也。廿三日。書陳寅恪，贊其著書之
美；並附告二事求教……（1950年12月21、23日日記，《積微
翁回憶錄》）

　　獨學而無友，則孤陋而寡聞。楊氏高足張清常曾總結說：「他
（楊氏）有家學的根底，有湖南鄉先賢的薰陶，有通過英語所學，有
留學日本所學，與當代著名學者交流，再加自己時時勤勉，這樣就使
他根基雄厚，思路心胸大為開闊。」[46]

二　近代甲金學

　　19世紀末20世紀初的傳統學術因材料不足而似乎走向山窮水
盡，就在此時，甲骨文大出，也帶動了金石研究，甲金之學方興未

---

46 張清常：《憶遇夫師》，《楊樹達誕辰百周年紀念集》（長沙市：湖南教育出版社，
　 1985年），頁282。

艾。新發現帶來新學問，其時甲骨文的發現，無疑為傳統學術注入了一線生機；王國維「取地下之實物與紙上之遺文互相釋證」的「二重證據法」，為當時的文史文獻研究提供了有力利器。其時的學術界對甲骨文這一新材料有人持否定態度，如章太炎、黃侃（黃晚年有所轉變）；有人持觀望保留態度，如錢穆。楊樹達積極研究甲金文字，並以甲金文字研究名家。1925 年楊氏開始接觸古文字，「讀孫仲容《古籀拾遺》，心頗嗜之」。[47]其金石之學的研究實始自 1931 年，「餘近日因考漢俗，涉獵漢碑，時有新獲，治金石之學實始於此」。[48]自 1934 年發表第一篇甲文研究論文以來的二十餘年，楊氏著有考釋甲金文字之文數百篇，專著4種。

　　陳寅恪在《陳垣敦煌劫餘錄序》中說：「一時代之學術，必有其新材料與新問題。取用此材料，以研求問題，則為此時代學術之新潮流。」[49]楊樹達訓詁的一個重要特色，就是將甲金文字的研究和文字訓詁結合起來，並積極利用甲金文字研究的最新成果。楊氏依據《說文》而不泥于《說文》，廣稽甲金文字，參驗《說文》，嚴格考辨，以進行文字訓詁，如：

> 《說文‧四篇上‧隹部》：「有，不宜有也。《春秋傳》曰：日有食之。從月，又聲。」按許君據《公羊傳》訓有為不宜有，不可通，說此字形亦誤。龜甲文從又持肉，是也。（《論叢‧字義同源於語源同例證》）

47　1925年5月13日日記，楊樹達《積微翁回憶錄》（上海市：上海古籍出版社，1986年），頁25。

48　1931年10月14日日記，楊樹達《積微翁回憶錄》，（上海市：上海古籍出版社，1986年），頁57。

49　陳寅恪：《金明館叢稿二編》（北京市：三聯書店，2001年），頁266。

《說文・十四篇下・辱部》雲：「辱，恥也，從寸在辰下，失耕時，于封畺上戮之也；辰者，農之時也，故房星為辰，田候也。」按許君於字之從寸無說，釋辰為農時，而雲失耕時則戮之，然字形中絕不見失時之義也：其非正義，無可疑也。餘謂：辱者，槈之初文也。《說文・六篇上・木部》雲：「槈，薅器也，（薅下雲：拔去田草也。）從木，辱聲。」或從金作鎒，經典通作耨。……許君訓為薅器者，薅為拔去田草，即芸草也。古人名動往往同辭，許君以字從木，或從金，故主以器言，而《易》《禮》《孟子》注則指言其事也。必知辱為槈之初字者。……尋辰字龜甲金文皆作蜃蛤之形，實蜃字之初字，辱字從寸從長，寸謂手，蓋上古之世，尚無金鐵，故手持摩銳之蜃以芸除穢草，所謂耨也。（《述林・釋辱》）

　　王國維（靜安）發明「二重證據法」，以甲金材料明史，而楊氏用以訓詁（校訂《說文》、進行語源研究），也有王氏的影響。楊任教清華時曾與王同事（1926年9月至1927年6月），楊氏後來著文立說，也多采王氏，如：「王靜安著《釋物篇》（見《觀堂集林》卷六）據殷卜辭勿牛之文及《詩》三十維物《毛傳》異毛色三十牛之訓，定物字當訓為雜色牛，其說碻不可易矣。餘讀《淮南子》，有足證明靜安之說者。」（《述林・釋物》）楊氏還服膺王氏考據之學，雲：「靜安先生平生治學，態度謹嚴，故其所論大都精審可信。」（《述林・書古本竹書紀年輯校後》）又評王氏甲骨文研究：「功力絕深，每下一義，泰山不移，讀其書，怡然理順，渙然冰釋，使人之意也消，恒常所謂爐火純青者，王君近之矣。」（《積微居甲文說自序》）
　　如果說段王音義關係的科學認識及實踐是訓詁學上的「革命」，那麼近代甲骨文的發現以及甲金之學應用於訓詁，是訓詁學上的又一

次「革命」。王力所說的「革命」是革傳統「音義」觀的命，而近代甲金之學應用於訓詁是革傳統「形義」觀的命。《說文》囿於時代和材料，未能盡善，而傳統訓詁視《說文》為圭臬，其形義關係的認識始終沒有突破《說文》的窠臼。如果說字形控制著中國1700多年的文字學，那麼《說文》也控制著中國1700多年的訓詁學。僅《說文》中1300多個非形聲字，許慎說解不正確者就約有500個[50]；董蓮池《說文解字考正》就利用多家的古文字研究考證《說文》中875個漢字的說解錯誤。曾憲通先生就指出：「就訓詁方面而言，如果沒有地下真實材料的發現，典籍上某些訛誤就得不到糾正。沒有古文字研究的新成果，訓詁上一些長期糾纏不清的問題便得不到糾正。」[51]近現代以來一大批文字訓詁學家（包括楊氏）利用古文字材料以校正《說文》、糾正故訓、礦詁文字，他們所取得的成績就是這一「革命」的階段性成果。

乾嘉學統，湘學餘緒，加上西學影響，終成楊氏訓詁之學。茲引楊樹達的自述來概述其訓詁的學術背景：

> 我自愧功力之深邃不及段、王，但以我的成績論，又似乎有比段王進步了一些的地方。這並非我的學歷超過段王，乃是受了時代的影響。我出生較晚，時代思想有變遷，因此我研究方法與前人大有不同。粗略地說來，第一，受了外來的影響，因比較對照有所吸取。第二，思路開闊了，前人所受的桎梏，我努力掙扎擺脫他，務求不受他的束縛。第三，前人只作證明《說文》的工作，如段玉裁、桂馥皆是，我卻三十年來一直作批判

---

50 何金松先生《漢字形義考源・前言》中的統計。

51 曾憲通：《古文字資料的釋讀與訓詁問題》，《古文字與漢語史論集》（廣州市：中山大學出版社，2002年），頁33至39。

接受的工作。第四，段氏于《說文》以外，博涉經傳，所以成
績最高，其餘的人大都在文字本身中兜圈子。我於傳注之外，
凡現代語言及其它一切皆取之做我的材料，故所涉較廣。第
五，古韻部分大明，甲金文大出，我儘量地利用他們。第六，
繼承《蒼頡篇》及《說文》以來形義密合的方法，死死抓緊字
形不放。(《積微居小學述林‧自序》)

第三章
楊樹達的文字形義觀及其在訓詁中的應用

　　探求語義是訓詁的中心工作，其方法是從詞形之形、音、義的廣泛聯繫中揭示語義。因此，只有揭示楊氏的形義觀（文字觀）、音義觀和語義觀及其訓詁應用，才能把握楊氏訓詁的主旨。從本章到第五章，依次以「楊樹達的文字形義觀及其在訓詁中的應用」、「楊樹達的音義觀及其在訓詁中的應用」和「楊樹達的語義觀及其在訓詁中的應用」三端作為闡明楊樹達訓詁的主體。

第一節　楊樹達的文字觀

　　下面從文字和語言、文字的演變、文字的歧異、文字的構造、文字形義密合等五個方面闡述楊樹達的文字觀。

一　文字和語言

　　訓詁主要是通過文字符號來解釋文字所代表的語言的意義，因此，要正確地進行訓詁，就有賴於對文字和語言之間關係的科學認識。楊氏對於文字和語言關係的觀點有以下三端。

（一）文字在語言的基礎上產生

語言先于文字，楊樹達說：「蓋文字根於言語，言語托於聲音，言語在文字之先。」（《論叢・形聲字聲中有義略證》）文字在語言的基礎上產生，其作用在於打破語言交際時間和空間的限制，他說：「人類既作，即有語言。然語言聲出即消，不能垂久行遠。欲彌此缺，文字以興。」（《文字形義學・形篇・六書》）又說：「蓋文字之未立，言語先之，文字起而代之，肖其聲則傳其義。」（《積微居小學金石論叢・自序》）又說：「言語者，所以表現其感覺與思想者也。然距離稍遠，則言者之聲不達，此言語之功用被制於空間者也；聲出即消，不留餘響，此言語之功用被制於時間者也。民知既進，則所以表示其思想感覺者，又有行遠與傳後之要求，於是文字生焉。」（《高等國文法・前言》）

（二）文字是語言的代用品

楊氏認為文字是語言的代用品，他說：「文字第是語音之征號。」（《論叢・形聲字聲中有義略證》）又說：「文字既是語言之代用，其始起也，固與語言密合而無差也。」（《高等國文法・前言》）

（三）文字和語言不相一致

楊氏說：「然而人類有經濟思想，則力求文字之簡焉；又有美術思想，則又力求文字之工焉。坐此二因，文字之發生，本所以代語言者，竟與語言歧異而不相合。曠觀大地文明民族，蓋未有絕對文言一致者。」（《高等國文法・前言》）

楊樹達在文字探源、因聲求義、破假借之字等方面所取得的成績正是建立在其對文字和語言關係的科學認識之上。

二　文字的演變

　　文字不僅隨語言變化，作為自成體系的符號系統，其形體也在使用中不斷發生變化；楊氏在《中國文字學概要》中就列有結繩、古文、史籀、小篆、隸書、草書、金文、龜甲文等章節以論述文字形體的變遷。而諳熟文字字形的變遷，也是訓詁的基礎工作。曾憲通先生就說：「能不能恰當而有效地運用古文字資料以訓讀古代文獻，亦是訓詁工作的關鍵所在。」[1]

（一）重視《說文》所記形體

　　楊氏說：「時至秦漢，文字通用隸書，字形既非本始，則義無可求。」（《中國文字學概要・文字史及文字學》）因此，楊氏重視《說文》所記古文（大篆）、篆文（小篆）形體，他在《新識字之由來》中說：「據《說文》所記之字形以識字，此至簡單而易為之事也。然而字形繁簡小異，位置略殊，則人多忽而不察焉。」

（二）重視甲金文字

　　楊氏在《述林・自序》中總結治學方法時說：「甲金文字大出，我儘量地利用他們。」又在《論叢・釋晉》中說：「今之研稽文字者，不上考古文而徒奉篆文謂科律，欲求得古人文字之真，不亦難哉！」楊氏以古文和篆文（小篆）為對文，所言「古文」為廣義的古文，即：「然如殷墟龜甲文刻辭、周代彝器款識、《說文》及《三代石經》所記古文，皆古文之可見於今日者也。」（《中國文字學概要・文字史及文字學》）

1　曾憲通：《古文字資料的釋讀與訓詁問題》，《古文字與漢語史論集》（廣州市：中山大學出版社，2002年），頁33至39。

楊氏還論述了金文、甲文在文字訓詁中的作用:「大抵吉金之學,可以證經,可以考史,而文字之學所關尤大。……及字形差誤,義不可求,則因形而違而遂失其意,或義失本初,形難吻合,則因義失而空具其形,於是妄說起而大道乖矣。精究金文,補苴許說,或訂其字形,或糾其說義……彝器文字足以訂正《說文》,前既言之矣。龜甲為殷商文字,其足以糾後起之誤說,與彝器正同。」(《文字形義學・形篇・文字》)

三 文字的歧異

文字用以記錄語言,但選用怎樣的字形以記錄,要受到時間、空間、人為等諸多因素的制約,從而表現出用字的歧異,諸如異體、異文、通假、混用等。而利用文字的歧異,也是訓詁的重要方法。

(一)異體字

「以重文為吾人研究最便之階梯故也」[2],楊氏重視利用異體字,尤其是《說文》所記異體字。他說:「《說文》所記重文,有形通而聲類異者,故一字有二體,或以甲為聲類,或以乙為聲類,甲乙二字皆無義可求則已,苟二字之中有一字有義可求,甲字有義,則乙為借字也;反此而乙字有義,則甲為借字也。」(《述林・造字時有通借證》)他舉了一個利用異體字進行文字訓詁的例子:「如餘言𪊨字之借弻為兒,一以經傳多作麛,而《說文》弻字有從兒作之或體,故斷知其必當然也。」(《述林・造字時有通借證》)《述林・說文讀若探源》亦列有「本之文字重文者」,以證明《說文》讀若條例。

---

2 楊樹達:《論叢・形聲字聲中有義略證》(北京市:中華書局,1983年)。

（二）古今字

1 初文

　　楊氏在《述林・自序》中說：「發現初文，是我這本書一個重要的收穫。」楊氏認為初文就是造字之始表示初義的字形，他說：「文字之構造，先有義而後有形。造字者因義賦形，故所賦之形必與其義相切合。此義謂之初義，此形謂之初形。」（《述林・文字初義不屬初形屬後起字考》）後來由於文字的發展發生了變化，「最初用字，形必與義符，歷時既久，初形失其初義，乃由後起之義據有初形，別有後起之形據其初義，形義顛倒錯亂，始初造字形義密合之故乃不可得見。」（《述林・文字初義不屬初形屬後起字考》）如他在《述林・文字初義不屬初形屬後起字考》就發現58個字的初文。楊氏注重利用初文進行訓詁，如《述林・釋眷》：

> 　　《說文・四篇上・目部》雲：「眷，從目，聲。《詩》曰：乃眷西顧。」字或作睠。《詩・小雅・大東篇》雲：「睠言顧之。」按許君訓眷為顧，乃粗略言之，按之初文，則重複難通。《方言》卷六雲：「矔，轉目也，梁益之間瞋目曰矔，轉目顧視亦曰矔。」今以音義求之，《方言》之矔字即《說文》之眷，聲萑聲古音同相通也。

2 後起字

　　「所謂後起字者，當分二事：一曰加旁字，二曰形聲字是也。」（《述林・文字初義不屬初形屬後起字考》）所謂加旁字，是指「《說文》所載文字，象形指事會意形聲四書之字往往有加旁者，今名之曰加旁字」。（《述林・文字中的加旁字》）具體就是「象形指事會意形聲

四書的字往往有後起的加旁字。一加形旁，一加聲旁。會意形聲二書的字加形旁往往犯重複之病」。(《述林・自序》)楊氏還認為：「象形字加旁為象形之加旁字，指事字加旁為指事之加旁字，會意字加旁為會意之加旁字，形聲字加旁為形聲字之加旁字，加旁字蓋六書以外獨特之一種字也。」(《述林・文字中的加旁字》)

楊氏指出，還有一類後起字是後起形聲字，即：「象形指事會意三書的字往往有後起的形聲字。」(《述林・自序》)如他舉例說：「何休訓扳為引。扳字從手從反，從手與反字從又犯複，因此悟到扳是反字的加形旁字。扳字既然訓引，知道初文的反字本當訓引。」(《述林・自序》)

楊氏雲「會意形聲二書的字加形旁往往犯重複之病」，即今所言累增字；其餘的加旁字和「象形指事會意三書的字往往有後起的形聲字」，即今所言區別字。累增字、區別字屬今字，它們和初文構成古今字的關係。

(三)通假字[3]

楊氏認為古人用字有通假，他說：「古人之用字，有用其形即用其義者，亦有如今人之寫別字，用其形不用其義，而但取其音者。」這時就需要「通讀」：「如用其形不用其義而但借用其音，則雖識其字而文之不可通如故也，於是通讀尚焉。」(《述林・彝銘與文字》)

而對於如何「通讀」，楊氏也有自己的解釋：「初因字以求義，繼複因義而定字。義有不合，則活用其字形，借助于文法，乞靈於聲韻，以假讀通之。」(《積微居金文說・自序》)楊氏又說：「考釋文

---

3 這裡所說的通假字，即是別字，其不唯借音，而且借形，是用字問題，故本章亦討論。

字，舍義以就形者，必多窒礙不通，而屈形以就義者，往往犁然有當。蓋古人字形不定，而文義必有定，吾輩依其不定之形，以求有定之義，則得之，以後世已定之形以律古代未定之形，固失之於形，又必失之於義也。」(《卜辭瑣記》)可見楊氏主張首先要利用字形，倘若不通，就要不囿於字形，即「因義而定字」、「活用其字形」、「屈形以就義」，和高郵王氏之「引伸觸類，不限形體」、「破其假借之字而讀以本字，則渙然冰釋」異曲同工。

（四）形訛字

楊氏在《擬整理古籍計畫草案》中認為「經籍文字扞格難通有二事」，其一就是「誤字」；在《積微居金文說‧新識字之由來》中總結其文字考釋方法的最後一條就是「字形近混用」；又在《卜辭瑣記》中說：「蓋古人作字無定形，形相似者時相混淆，與今日約定俗成之文字不同。」楊氏所說的「形近假借」也是混用：「形近假借，學者或以為疑，然不必疑也。《說文‧二篇下‧疋部》雲：『疋古文亦以為足字。』按疋與足形近，故古文以疋為足也。《五篇上‧丂部》雲：『丂，古文以為於字，又以為巧字，』……以丂為於，此以形近為假借也。」(《述林‧彝銘與文字》)

（五）異文[4]

楊氏注重利用異文進行訓詁，如為說明「曷」、「害」通用，《論叢‧釋喝》雲：「《老子》雲：『廉而不劌。』《釋文》：『劌河上公本作害。』劌害異文。猶之曷害異文也。」《說文讀若探源》中就有「本

4　這裡所說的異文，其所指和前面的通假字和異體字等有交叉，但作為文字使用中重要的歧異現象，同樣為訓詁所資取，故一併討論。

自經籍異文者」以證《說文》「讀若」67條，如：「《論語・憲問篇》
雲：『南宮適問孔子。』《釋文》雲：『適本一作括。』適括二字經傳
屢為異文，則二字同音甚明，故《許君》雲適讀若括矣。」

四　文字的構造

傳統語言文字學是用「六書」理論以說形解義的。楊氏在文字訓
詁中就很重視利用「六書」分析字形。

（一）「六書」非造字之法，乃文字構造之分類

楊氏說：「六書之起，乃後人尋繹文字，得其條理，為之類別焉
爾。核實言之，文字之製造在先，六書之分類在後，非先有六書定
則，而後造文字也。」（《中國文字學概要・六書》）

（二）「六書」有體用之分

楊氏贊同楊慎、戴震「四體二用」之說，雲：「明楊慎曰：『六書
者，象形、指事、會意、形聲四書為經，轉注、假借為緯。』清戴震
曰：『指事象形形聲會意四者，字之體也。轉注假借二者，字之用
也。』……楊戴二君之說，不可易矣。」（《中國文字學概要・六書》）

（三）「四書」定義

楊氏說：「象形指事二書謂之文。……會意形聲二書謂之字。」
並具體解釋「四書」：

> 「象形者，圖畫也。為客觀的、模仿的、具體的。先有形而後
> 有字，是為字生於形。」

「指事者，符號也。為主觀的、創造的、抽象的。先有字而後有形，是為形生於字。」

「會意者，合二文或數文以成字者也。其所合之文互相融合、互相貫注、而別成一意。其字之音義超然於所合之文之外。」

「形聲亦合二文或數文以成字者也。其所合之文，或表義，或表聲，各自獨立，不相融合。所造之字之音義，即寓於所合之文之中。」（《中國文字學概要・六書》）

五　文字形義密合

楊氏文字訓詁的基本觀點是形義密合，他在《述林・自序》中就總結說：「繼承《蒼頡篇》及《說文》以來形義密合的方法，死死抓緊字形不放。」這是因為：「文字以三事為要素，曰形，曰音，曰義。而其次第，則先有義而後有音，有音而後有形。文字之作，始則因義而賦形，繼則即形而表義。故本始之字，形其於義也，必相密合。」（《中國文字學概要》）他在《述林・釋對》中又說：「夫字之受形，必有其故，不得其故，則義與形不相比附。」

楊氏認為若形義不相密合，形、義必有一誤：「餘謂凡形義不能密合之字，形義二事必有一誤。若兄字者，字形不誤，許君未得字之初義，立訓誤也。」（《述林・釋兄》）又：「古人制字，因義賦形，形與義未有不密合者。說者失其形，則義具而不知其源；失其義，則形孤而無所麗。」（《述林・釋同》）

楊氏「抓緊字形不放」以說解文字，頗有創獲。如：抱，包聲，楊氏雲包聲字有包裹義；暈，日月氣，軍聲；軍，從包省。抱、暈二字，一個從包聲，一個從包省，楊氏死抓字形，說明了兩字受名之故相同。

　　楊氏利用形義密合的方法進行文字訓詁，也頗多發明，如他在
《述林・釋屵》中自述說：「夫文字之成，形與義未有不密合無間者。
若形與義不相密合，必其說有可疑者也。蓋形當矣而義不與之合，則
說義有失也；義是矣而形不與之合，則說形有誤也。許說圖從口啚，
形甚諦也，而訓為畫計難，則義與形舛，今釋為地圖，則形義密合
也。雲罰，義無可難也，釋為從井，則形與義乖，今說為從甲文字所
從之，則形義相契也。屵字義訓是而形不合，亦字之類也。正其形為
大字倒文，則形與義如符券左右之相合矣。然非有甲文為據，則屵二
字之說終古不可得也。然則生當今日，誠吾輩考文者之大幸哉。」

　　楊氏「形義密合」說可用下圖示之：

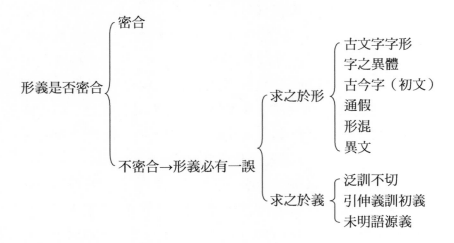

　　楊氏在《積微居金文說・新識字之由來》中總結了14條文字考釋
方法，雖為銘文考釋方法，但完全可以用以總結其文字形義觀：「一
曰據《說文》釋字，二曰據甲文釋字，三曰據甲文偏旁釋字，四曰據
銘文釋字，五曰據形體釋字，六曰據文義釋字，七曰據古禮俗釋字，
八曰義近形旁任作，九曰音近聲旁任作，十曰古文形繁，十一曰古文

形簡單，十二曰古文象形會意字加聲旁，十三曰古文位置與篆文不同，十四曰二字形近混用雲。」

第二節　古文字字形的利用

一　古籀的利用

《說文・敘》：「今敘篆文，合以古籀。」今見的古文和籀文僅存在《說文》裡，是《說文》除小篆外兼錄的字體。古文即孔子壁中書，籀文指《史籀篇》裡的文字。就字體而言，楊樹達認為籀文即古文，他說：「籀文即古文。……《籀篇》本述古文，非自為書體。」而許慎雲「古文」、「籀文」只是引文出處有別：「許君載字時以古籀對言者，古文作某，猶言壁中書作某；籀文作某，猶雲《史籀篇》作某耳。」（《中國文字學概要・文字史及文字學》）

（一）古文

1 古文明字義

（1）明本義例

《門部》又雲：「闢，開也，從門，辟聲。」或作，雲：「《虞書》曰：闢四門。從門，從。」按開闢義同，古文開從，闢或作，從，形相反者，蓋門有關，兩手去其關則為開，門無關，第以二手推左右扉而啟之，則謂之闢也。（《述林・釋開闢閉》）

餘疑豕當為豕去勢之義，今通語所謂閹豬是也。古文於豕下加點，乃指其去勢之事。……蓋豕之去勢，與馬之白足，皆無形可象，故以指事表之也。（《述林・釋豕》）

（2）明引申義例

古文晉象插矢之形，故晉有插義。（《論叢‧釋晉》）《說文‧竹部》:「，可以收繩也，」古文作互，乃象互形也。絲繩同類之物，互可以收繩，亦可以收絲矣。（《述林‧釋》）

2 古文明字之構造

（1）明偏旁例

餘謂古文臣與目同形，臥當從人從目。（《述林‧釋臥》）

（2）明省形例

餘謂糸古文作，字所從之么，乃古文糸之省作。（《述林‧釋》）

（3）明加旁例

古字有於象形之外兼注聲旁者，……《十篇下‧尢部》云:「尢，曲脛也。從大，象偏曲之形。」或體古文作，則於象形之外注聲旁矣。（《論叢‧釋旁》）

（4）明同形例

口為古城字，又為古方字者，古文同形不嫌異字也。（《論叢‧釋旁》）

3 古文明字之聲音

（1）明聲符假借例

《三篇上‧言部》云:「詩，志也，從言，寺聲。」古文從古文

言，從屮聲。……志字從心屮聲，詩字從寺，寺亦從屮得聲，古文詩字則徑從屮，寺屮皆志之假也。(《述林・造字時有通借證》)

（2）明聲中有義例

《說文・十篇上・火部》雲：「烖，天火曰烖，從火，。」或作災，從宀火，會意。古文作，從火，從才聲。……按烖災二文並從聲得義。《十二篇下・戈部》雲：「，傷也，從戈，才聲。」(《述林・釋烖》)

（3）明二字通用例

《九篇上・首部》從斷聲，或體作劗。又專從叀聲，叀古文作，而斷字古文作，從古文叀之，此皆斷專二字古音通作之證也。(《述林・造字時有通借證》)

（二）籀文

1 籀文明字義

《說文・二篇上・口部》雲：「嗌，咽也，從口，益聲。」或作，雲：「籀文嗌，上象口，下象頸脈理也。」(《述林・釋嗌》)

2 籀文明古今字

（1）明加旁字例

古字有於象形之外兼注聲旁者，……《九篇下廠部》雲：「廠，山石之厓巖人可居。象形。」籀文作厈，則於象形之外注聲旁幹矣。(《論叢・釋旁》)

（2）明初文例

七者，妣之初文也。……籀文作。蓋初字止作七，變體象形字也。（《述林・釋七》）

3　籀文明聲音

（1）明聲旁假借例

蓋古方旁音同，古二字多通用。……《說文十一篇下・魚部》雲：「魴，赤尾魚也，從魚，方聲。」籀文從旁作鰟。（《論叢・釋放》）

《二篇上・牛部》雲：「牭，四歲牛，從牛，從四，四亦聲。」或作，雲：「籀文牭從貳。」……然古人竟有此事者，貳雖非四，然與四同為數字，其義類相近故也。此形聲字聲旁通借者。（《述林・造字時有通借證》）

（2）明聲中有義例

《說文・十篇上・火部》雲：「烖，天火曰烖，從火，。」或作災，從宀火，會意。……籀文作災，聲。按烖災二文並從聲得義。……《十一篇下・川部》雲：「，害也，從一雝川。」（《述林・釋烖》）

二　甲金文字的利用

（一）甲文

1 甲文明字義

（1）明字之本（初）義例

　　餘謂（逐）字當從辵從豕，豕走而人追之，故為逐也。甲文逐字作，可以證明餘說矣。（《述林‧釋遜》）

　　（各）甲文字或作，知字非從口也。餘謂、並象區域之形，而足抵之，故其義為來，為至。出字甲文作，象人在坎陷中足欲上出之形，與各字形正相反，而其義則可以互證也。（《述林‧釋各》）

　　《說文‧六篇下‧之部》雲：「之，出也。象艸過中，枝莖益大，有所之。一者，地也。」按之龜甲文作或作，從足形背一。據形求義，之當以訓往為本義，許君所說非也。按一者地也，謂人今所在之地也。足背今所在之地而他向，故為往也。（《述林‧釋之》）

　　《說文‧三篇下‧臣部》雲：「藏，善也，從臣，戕聲。」按龜甲文有字（殷墟書契精華八頁一版），又作（龜甲獸骨文字一卷六頁九版），周金文又《伯父鼎》，字亦從臣從戈。按此皆藏之初字也。蓋藏本從臣從戈會意，後乃加爿聲，甲文時尚未加聲，故第從臣從戈也。許君說未從戕聲，誤矣。甲文藏字皆象以戈刺臣之形，據形求之，初義蓋不得為善。（《述林‧釋藏》）

　　《說文‧二篇上‧口部》雲：「啟，開也，從戶，從口。」《三篇下‧攴部》雲：「啟，教也，從攴，啟聲。」今以甲文考之，疑許君說此二字之形皆誤也。甲文有字，從戶從又。又有啟字，從戶從攴。甲文從又從攴多不分，此二文為一字，皆示以手開戶之形。（《述林‧

釋啟啟》)

今尋此字（興）甲文作，象眾手共舉一物之形。(《述林・釋興》)

《十四篇上・去部》雲：「育，養子使作善也。」或作毓，雲：育或從每。按甲文此字作女子產子之形，字或從女，或從每。(《述林・造字時有通借證》)

考甲文死字作，象人臥棺中之形。字左旁蓋本作，以形似遂誤作井字，實非井字也。罰字無可象，故以棺形表死刑，從刀則示刀鋸之刑。《書・呂刑》所謂劓刵椓黥之屬也。(《述林・釋》)

（2）明字之引申義例

尋屰字《鐵雲藏龜拾遺》（十二頁十版）作，《書契前編》（六卷四十頁五版）作，又《後編》（下卷十一頁十五版）作，皆作大字倒文。大象人形，故以倒人之形表順屰之屰也。(《述林・釋屰》)

「琰圭有鋒芒，傷害，征伐誅討之象。」……按火光下博而上銳，有如正三角形，故龜甲文火字作，肖火燄之形也。(《述林・釋琰》)

2 甲文明字之初文

用者，桶之初文也。……觀甲文用字之形，皆以三直畫為幹，其橫畫或正或邪，或上或下，其數或二或三，或右三而左二，或右二而左一，絕不一致。蓋橫畫第示為飾之橫欄，器無定形，故字亦無定式也。(《述林・釋用》)

匕者，妣之初文也。……龜甲文作匕，不作妣。(《述林・釋匕》)

今按許君釋正從一止，以為會意字，說不劃切。今考之甲文，字作，或作，字或從二止，或從一止，而皆從口，以足趾向之。據形求

義，此即延、之初文也。（《述林‧釋正韋》）

　　《說文‧五篇下‧韋部》雲：「韋，相背也，從舛，口聲。」考龜甲文作，又或作，又或作，字亦從口，從二止……韋即違之初文也。（《述林‧釋正韋》）

　　余疑兄當為祝之初文，祝乃後起之加旁字。……甲文雖有從示旁之祝，而多以兄為祝。《鐵雲藏龜》百廿柒頁一版雲：「辛醜，葍，獻貞：兄于母庚？」《鐵雲藏龜拾遺》二頁六版雲：「弜（弗）兄匕辛？」皆其例也。（《述林‧釋兄》）

　　《說文‧四篇上‧隻部》：「隻，鳥一枚也。從又，從隹。」按龜甲文凡獲字作隻，從又持隹，金文《楚王鼎》雲：「戰隻兵銅，」亦以隻為獲。許君說為後起之義。（《論叢‧字義同源於語源同例證》）

　　《說文‧五篇下‧冂部》雲：「冘冘，行貌，從人出冂。」……頃者余溫尋龜甲文字，見此字作作，與許書形同，又有作者，象人荷擔以手扶擔之行，始悟此字為儋字之象形初文也。（《述林‧釋冘》）

　　獸蓋狩之初文也。……甲文雲：「辛亥，卜，王貞△獸，禽？」（《鐵雲藏龜》五頁一版）金文《宰甫》雲：「王來獸自豆彔，」此殷周人用獸本字之證也。（《述林‧釋獸》）

　　而龜甲有諸文，與金文許書所載大同。其諸點散見者，亦象電光散出閃爍不定之形，亦即電字也。（《論叢‧釋神祇》）

3 甲文明字之構造（明偏旁）

　　《說文‧七篇下‧部》雲：「同，合會也，從，從口。」按訓重複，與口字義不相會，無由成合會之意。……今尋甲文同字作，字從凡，不從。（《述林‧釋同》）

　　《說文‧八篇下‧見部》雲：「，取也。從見，從寸，寸度之，亦手也。」按許君說此字形大誤。龜甲文字從貝，謂手持貝也。（《論

叢 · 字義同源於語源同例證》）

　　《說文 · 四篇上 · 隻部》：「有，不宜有也。《春秋傳》曰：日有食之。從月，又聲。」按許君據《公羊傳》訓有為不宜有，不可通，說此字形亦誤。龜甲文從又持肉，是也。（《論叢 · 字義同源於語源同例證》）

　　《說文 · 八篇上 · 先部》云：「先，前進也，從兒，從之。」樹達按古之與止為一文，龜甲文先字多從止，金文《毛公鼎》及《僕兒鐘》亦然。（《述林 · 釋步先》）

4 甲文明聲音

（1）明聲旁假借例

　　按字訓刑鼻而以臬為聲者，臬從自聲，古音臬自同，借臬為自也。……甲文有字，其明證也。（《述林 · 造字時有通借證》）

（2）明通訓例

　　凡云次舍者，次通訓為止，與訓止同。今龜甲文次字作。（《述林 · 釋姊》）

（二）金文

1 金文明字本義

　　《說文 · 三篇上 · 幹部》云：「幹，犯也，從反入，從一。」按許君說幹字恐非朔義。尋金文《毛公鼎》幹字作，象器分枝可以剌人及有柄之形。（《述林 · 釋反》）

　　（各）其義為來……金文《師父鼎》云：「王各於大室。」《敔》云：「王各于成周大廟。」《元年師兌》云：「王在周，各康廟。」《善

鼎》雲：「王各大師宮。」《厚趠鼎》雲：「隹王來各于成周年。」《宰椃角》雲：「王在東門，夕，王各。」他器銘用各字者至多，皆用各字本義者也。（《述林・釋各》）

2 金文明字之初文

匕者，妣之初文也。……《金文妣辛》、《戈妣辛鼎》、《妣己觚》、《妣己爵》皆作匕。（《述林・釋匕》）

用者，桶之初文也。……金文《番生毛公鼎》並雲：「簟茀魚，」此即《詩・小雅・采芑篇》之「簟茀魚服。」象矢在用中之形，近人吳大徵、羅振玉皆謂即《說文》弩矢箙之箙字，由此字變為今之字，其說碻不可易。之下截即用字，即變為今之字，下亦從用。（《述林・釋用》）

獸蓋狩之初文也。……金文《宰甫》雲：「王來獸自豆彔，」此殷周人用獸本字之證也。（《述林・釋獸》）

甲文雲：「土方正於我東啚，……」金文雲：「……與之人民都啚。」殷周文字皆止作啚，不作從邑之鄙，鄙為後起字明矣。（《述林・釋啚》）

《師湯父鼎》雲：「王乎宰雁錫盧弓弭，矢臸彤欮。」孫詒讓釋臸為箭，是也。據此晉字亦作臸，蓋晉字上象二矢，下為插矢之器，器形省作無害也。此以金文省形字證之者五也。（《論叢・釋晉》）

晉者，箭之古文也。……按晉字《格伯》作，象兩矢插入器中之形。《魏三體石經》作，下器形雖小變，二矢插器之象則同。（《論叢・釋晉》）

考神在《宗周鐘》作，《陳》作，《說文》十三篇蟲部虹字或體作，許君雲：「籀文虹從申，申，電也。」又十一篇下雨部雲：「電，陰陽激燿也，從雨，從申。」據此諸證，知古申電同文，文作作作，

皆象陰陽激燍之形。(《論叢・釋神祇》)

3 金文明字之構造

(1) 明字之偏旁例

金文有《遂啟諆鼎》，啟字從戶從攴，知不獨甲文之形體為然矣。(《述林・釋啟啟》) 許以甬從丂，故以草木華甬甬然為說，乃附和為之，非正義也。尋金文甬字皆作，文不從丂，足知許說之非矣。(《述林・釋甬》)

(2) 明同形字例

甲文韋從囗，而衛字偏旁之韋或從方，金文衛字之偏旁或從囗，或從方，此囗方同字之確證也。(《論叢・釋旁》)

4 金文明聲音

(1) 明通用例

《無叀鼎》雲：「用割盨壽，」即用匄眉壽‧此金文害聲匄聲字通用之證也。(《論叢・釋曷》)

(2) 明古字通例

金文記賜物通雲易，吳容光《筠清館金文》卷三載《周敦蓋銘》雲：「隹王三月初吉癸卯，叔△△于西宮，貝十朋。」為古嗌字，此易益古通之證也。(《述林・造字時有通借證》)

(3) 明假借例

《說文・十篇下・矢部》雲：「吳，大言也，從矢口。」……愚

謂矢字從大而傾其頭，故制字者即假矢為大，與頃矢之義不相涉也。徐段皆以矢口為說，不知古人造字時有假借也。吳重文作，字從口大，金文《攻吳王夫差監》吳字作，字亦從大，此皆可為吾說之證者也。（《述林‧釋吳》）

金文台二字多通作，《陳侯午》雲：「台甃台嘗，」即以甃以嘗也。……《說文‧二篇上‧口部》雲：「台，說也。從口，聲。」今隸變為以，台從聲，故得假以為台而有何義矣。（《論叢‧詩於以采蘩解》）

第三節　文字歧異的利用

一　異體字的利用

（一）異體字明字（詞）義

1 明字源義

坁或作，之為言稽也。《說文‧六篇下‧稽部》雲：「稽，留止也。」（《述林‧字義同緣於語源同續證》）

《說文‧八篇上‧屍部》雲：「，髀也。從屍下兀居兀。」或體作。又作，從骨，殿聲。按殿字從聲，或體之又從殿聲。訓榜，字從殿聲者，殿即也。（《論叢‧釋》）

《九篇上‧彡部》雲：「鬍，髮也。從彡，易聲。」或作鬄。按鬄下雲：「益發也。」鬄訓益發，則鬍為益發可知。（《述林‧造字時有通借證》）

《六篇上‧木部》雲：「槏，戶也，從木，兼聲。」按槏字服虔《通俗文》作，《一切經音義》音《通俗文》雲：「小戶曰。」……亦

訓小戶，二文實一字也。是槏字有小義也。（《述林・釋槏》）

《言部》又雲：「詆，訶也，從言，氐聲。」又《二篇上・口部》雲：「呧，苛也，從口，氐聲。」按詆、呧二文同字，呧訓苛，苛亦同訶，詆訶猶今言詆毀也。（《述林・釋》）

《言部》又雲：「譙，嬈譊也，從言，焦聲。」或作誚，字從肖。按肖字從小聲，誚從肖者，假肖為小也。（《述林・釋》）

《言部》又雲：「謟，諂也。從言，閻聲。」或從臽作諂。按臽有低下之義。（《論叢・字義同緣於語源同例證》）

2 明本（初）義

《門部》又雲：「闢，開也，從門，辟聲。」或作，雲：「《虞書》曰：闢四門。從門，從。」按開闢義同，古文開從，闢或作，從，形相反者，蓋門有關，兩手去其關則為開，門無關，第以二手推左右扉而啟之，則謂之闢也。（《述林・釋開闢閉》）

帆字或作，《一切經音義》引《三蒼》雲：「，船上張布帆也。」《吳都賦》雲：「樓船舉而過肆。」《劉注》雲：「者，船帳也。」（《述林・釋興》）

（徹）或從鬲作……徹義當如《儀禮・有司徹》之徹，謂徹除也。……從攴從育從彳，謂手持肉而他去也。或從鬲者，古人鼎、鬲互用不別，肉指其物，鬲指其器也。（《述林・釋徹》）

《三篇上・部》雲：「兵，械也，從持斤，並力之兒。」或作，從人幹。按兵字從持斤，斤，兵也。或體作，從人，從持幹，持幹猶持斤也。斤為器名，幹亦器名矣。（《述林・釋幹》）

反者，之或體字也。《說文・三篇上・部》雲：「，引也。從反。」或作。今作攀。反字從又從厰者，厰為山石厓岩，謂人以手攀厓也。（《述林・釋反》）

3 明聲符有義

免聲字多含低下之義。……《說文・九篇上・頁部》雲:「頫,低頭也。從頁,從逃省。大史蔔書俯仰字如此。」或作俛,從人免聲也。(《論叢・釋晚》)

考《三篇下・部》:「,五味和羹也。」或作羹。按:羹訓五味相和,飲食之事也。……古京與羹同音,從京猶從羹也。(《論叢・釋》)

《說文・五篇上・部》雲:「,盧,飯器,以柳為之。象形。」或作,從竹,厺聲。尋去聲字多含開張之義。(《述林・釋凵》)

4 明義近

絺為細葛,故希字從巾。絺綌義近,古多連言,綌字或作,從巾,是其比也。(《述林・釋希》)

5 明偏旁之義

從絲,知重文字從為象絲也,象絲,知之從么亦象絲也。(《述林・釋》)

者,之或字。……從爻者,象窗中短木相交之形。(《述林・釋》)

《水部》雲:「淵,回水也,從水,象形。又,岸也,中象水貌。」或作……訓回水,互為回泉,以兩岸夾水,互以兩岸夾回水,二字不惟義近,其形亦相似也。(《述林・釋互》)

木部訓竟,字或作,從舟,在二之間,此二亦謂兩岸。互之從二,猶之從二也。(《述林・釋互》)

6 明詞義

剌或作剌犮。《十篇上・犬部》雲：「犮，走犬貌，從犬而丿之，曳其足則剌犮也。」按人兩足分張而行為剌，犬曳足而行為剌犮，皆言其行之不正也。（《述林・釋步》）

（二）異體字明聲音

1 證聲符通借

《三篇下・革部》鞄從召聲，其重文有靴鞉三文，鞉靴皆從兆聲，⋯⋯此又制字之聲類「召」「兆」相通之明證也。（《論叢・釋旗》）

饐與餲音義並同，蓋即一字而異形者也。按歲曷古音同在月部，饐音於廢切，餲音烏介切，是二字音同也。（《論叢・釋曷》）（今按：饐與餲是異體字，從而說明歲曷通假。）

斤艮二文古音同，土部垠或作圻，是其明證。（《論叢・釋聽》）

，或作劐，從刀，專聲。從斷之字或從專作劐，此斷、專二字通作之證也。（《述林・釋膞》）

《說文》弭或作從兒作，此耳兒通作之證也。（《述林・釋麋》）

尋虒聲與也聲古多通作。《說文・十二篇下・弓部》雲：「弛，弓解弦也。從弓，也聲。」或從虒作。（《述林・釋》）

古艮、斤二字同音，故往往通作。《說文・十三篇下・土部》雲：「垠，地垠也，從土，艮聲。」或從斤作圻。（《述林・釋斷》）

韇字或作韇，從革與從韋同。又或作⋯⋯又作㦬、。⋯⋯而韇、韇之從蔑乃假音字也。（今按：謂假蔑為末）（《述林・釋韇》）

《說文・三篇上・言部》雲：「，會合善言也，從言，聲，」或作譮。按義為會合善言，則從會之譮當為正字，而之從者為假音字

也。《六篇上‧木部》雲：「柄，柯也，從木，丙聲，」或作棅。按柄可把持，秉從又從禾，則從秉之棅為正字，而柄之從丙者為假音字也。（《述林‧釋轙》）

賈侍中說：「囧讀與明同。」以或作、盟證之，則賈說良信。（《述林‧釋諿》）

《六篇上‧木部》雲：「，柱砥也，古用木，今以石，從木，耆聲。」坻或作，猶之為砥矣。（《述林‧釋坻》）

《說文‧四篇上‧目部》雲：「眷，從目，聲。《詩》曰：乃眷西顧。」字或作睠。《詩‧小雅‧大東篇》雲：「睠言顧之。」按許君訓眷為顧，乃粗略言之，按之初文，則重複難通。《方言》卷六雲：「矔，轉目也，梁益之間瞋目曰矔，轉目顧視亦曰矔。」今以音義求之，《方言》之矔字即《說文》之眷，聲雚聲古音同相通也。（《述林‧釋眷》）

《七篇上‧日部》雲：「暱，日近也，從日，匿聲。」或從尼作昵。按《八篇上‧屍部》雲：「尼，從後近之也。」日近之字昵從尼，取尼為義也。暱字從匿，則第以匿與尼音近通借耳。（《述林‧造字時有通借證》）

《四篇下‧肉部》雲：「肢，體四肢也，從肉，從只。」或作肢。按肢從支者，人之手足如樹木之有枝故以從支表其義，從支猶從枝也。若肢之從只，第以只與枝音同，借其字書之耳。（《述林‧造字時有通借證》）

《十篇上‧鹿部》雲：「麠，大鹿也。牛尾，一角。從鹿，畺聲。」或作麖。按麖字從京，京訓人所為絕高丘，高大義近，故京有大義。麖為大鹿，實受義於京。若麠之從畺，畺為田界，不含大義，第以與京同音借書耳。（《述林‧造字時有通借證》）

《十一篇下‧魚部》雲：「，海大魚也。從魚，畺聲。」或作

鯨。按鯨為大魚，亦受義於京，畺但為京之音借字。(《述林‧造字時有通借證》)

《一篇下‧艸部》雲：「葷，臭菜也，從艸，軍聲。」又雲：「薰，香艸也，從艸，熏聲。」按臭菜謂有氣味之菜，非謂惡臭也。香艸之薰，亦謂有臭味之艸，二字蓋本一文。……薰從熏聲，即受義於熏。……若葷從軍聲，則第以軍熏音近，假軍為熏耳。(《述林‧造字時有通借證》)

《二篇下‧辵部》：「遁，遷也，一曰：逃也，從辵，盾聲。」又雲：「遯，逃也，從辵，從豚。」按遁遯同訓為逃而音同，實一字也。……遁之從盾，乃豚之借字也。(《述林‧造字時有通借證》)

斷字從斤部而訓本者，借斤為艮也。尋斤艮二文古音同隸痕部，二音相同，故可通作。《十三篇下‧土部》雲：「垠，地垠也，從土，艮聲。」或從斤作圻。……或從斤，或從艮，此皆二聲可通作之證也。(《述林‧造字時有通借證》)

蓋識之為言埴職也。……戠直古音同在德部，故多通作，《儀禮‧鄉射禮注》雲：「職今文或作植，」是其證也。(《述林‧造字時有通借證》)

《弓部》雲：「弛，弓解弦也，從弓，也聲。」或從虎作，此也虎二字古通作之證也。(《述林‧造字時有通借證》)

農聲字有，讀奴力切，《廣韻》宥韻有硇字，重文作，此囪可讀崮之證也。(《述林‧造字時有通借證》)

《論語‧鄉黨篇》雲：「素衣麑裘。」《國語‧魯語》雲：「獸長麑。」麑字皆作麑。弭與兒通作，故知麑之從弭猶從兒矣。(《述林‧釋麑》)

《說文‧十篇下‧赤部》赬或作，知古貞、巠二文可通也。(《論叢‧字義同緣於語源同例證》)

《左傳》之饔即《說文》飱之或字，飱從聲，饔從殄聲為異耳。饔或從殄聲，故《舜典》假殄為饔也。（《述林·書舜典朕堲讒說殄行解》）

2 明《說文》讀若

楊氏作《說文讀若探源》，認為《說文》讀若「皆擬其音」、「許書『讀若』皆源於經籍」，並舉有《說文》讀若「本自文字重文者」8條，下取其例。

《水部》雲：「沇水出河東東垣王屋山，東為泲。從水，允聲。」或體作沿，雲：「古文沇。」按沿從聲而與沇為一字，知音讀必與沇同，故雲讀若沇州之沇也。（《述林·說文讀若探源》）

《一篇上·玉部》雲：「瓊，赤玉也。從玉，夐聲。」或從矞作璚。《四篇上·角部》雲：「觼，環之有舌者。從角夐聲。」或從金矞作鐍。夐聲矞聲在文字中通作如此，故知可讀若繘也。（《述林·說文讀若探源》）

《說文·竹部》雲：「籚，竹高篋也。從竹，鹿聲。」或從彔作籙。《林部》雲：「麓，守山林吏也，從林，鹿聲。」或從彔作。《水部》雲：「漉，浚也，從水，鹿聲。」或從彔作渌。文字中鹿與彔通假頻繁如此，二字同音，的然可曉。今睩字從彔聲，字當與鹿同音，故許君雲讀若鹿矣。（《述林·說文讀若探源》）

按堇為一字，而堇從皇聲，故知讀同皇也。（《述林·說文讀若探源》）

《說文·五篇上·部》雲：「，華榮也，從舜，聲。」或作堇，從艸，皇聲。按堇二文為一字，而一從聲，一從皇聲，故知皇音同，而雲讀若皇矣。（《述林·說文讀若探源》）

《說文‧水部》雲:「□，濯衣垢也。從水，□聲。」按從□聲而與浣為同字，則與浣為同音可知，故許君雲讀若浣也。(《述林‧說文讀若探源》)

搞或作□，雲讀若□，據或體字從□聲為說也。(《述林‧說文讀若探源》)

蜧或作蜼，字從戾聲，故知當讀若戾，亦從戾聲也。(《述林‧說文讀若探源》)

3 明古音對轉

(1) 微部[5]和痕部對轉

微部字或從痕部字:

> 蚳或作□。《說文‧十三篇上‧蟲部》雲:「蚳，螻子也。從蟲氐聲。」直尼切。或作□。按:從辰聲。氐，微部;辰，痕部。(《論叢‧古音對轉疏證》)

痕部字或從微部字:

> 蜧或作蜼。《說文‧十三篇上‧蟲部》雲:「蜧，它屬也，黑色，潛於神淵，能興風雨。從蟲侖聲。」力屯切。或作蜼，雲:「蜧或從戾。」按從戾聲。侖，痕部;戾，微部。(《論叢‧古音對轉疏證》)
>
> 西或作棲。《說文‧十二篇上‧西部》雲:「西，鳥在巢上也。象形。」或作棲。按:棲從木，妻聲。西，古音與孫近，痕

5　楊氏採用黃侃的分部:「韻部之分，取黃君季剛之說。」(《論叢‧古音對轉疏證》)

部；妻，微部。(《論叢·古音對轉疏證》)

（2）沒部和痕部對轉

吻或作。《說文·二篇上·口部》云：「吻，口邊也。從口，勿聲。」武粉切。或作，云：「吻或從肉從昏。」按從昏聲。勿，沒部；昏，痕部。(《論叢·古音對轉疏證》)

（3）歌部和寒部對轉

歌部字或從寒部字：

轙或作鐻。《說文·十四篇上·車部》云：「轙，車衡載轡者。從車，義聲。」或作鐻，云：「轙或從金從獻。」魚綺切。按鐻從金獻聲也。義，歌部；獻，寒部。(《論叢·古音對轉疏證》)

地或作墬。《說文·十三篇上·土部》云：「地，元氣初分，輕清陽為天，重濁陰為地，萬物所陳列也。從土，也聲。」或作墬，云：「籀文地從土，聲。」按也古音它，歌部；，寒部。(《論叢·古音對轉疏證》)

（4）曷部和寒部對轉

曷部字或從寒部字：

銳或作。《說文·十四篇上·金部》云：「銳，芒也。從金，兌聲。」以芮切。或作，云：「籀文銳從厂剡。」段氏曰：「從剡，厂聲，合韻。」按：兌，曷部；厂，寒部。(《論叢·古音對轉疏證》)

璿或作琁。《說文・一篇上・玉部》雲：「璿，美玉也。從玉，睿聲。」或作琁，雲：「琁或從旋省。」按：此從旋省聲也。睿為叡之重文，曷部；旋，寒部。(《論叢・古音對轉疏證》)

寒部字或從曷部字：

頞或作齃。《說文・九篇上・頁部》雲：「頞，鼻莖也。從頁安聲。」鳥割切。或作齃，雲：「或從鼻曷。」按：從鼻，曷聲。安，寒部；曷，曷部。(《論叢・古音對轉疏證》)

（5）模部和唐部對轉

撫或作。《說文・十二篇上・手部》雲：「撫，安也。從手，無聲。」或作，雲：「古文撫從亡㞢。」按：從亡聲。無，模部；亡，唐部。(《論叢・古音對轉疏證》)

舞或作。《說文・五篇下・舛部》雲：「舞，樂也，用足相背。從舛，無聲。」或作，雲：「古文舞從羽亡。」按：從亡聲。無，模部；亡，唐部。(《論叢・古音對轉疏證》)

（6）侯部和鍾部對轉

侯部字或從鍾部字：

或作酗。《說文・十二篇上・手部》雲：「，醉營也。從酉，句聲。」……《玉篇》雲：「酗，同。」按：從句聲，句，侯部；酗從凶聲，凶，鍾部。(《論叢・古音對轉疏證》)

（7）屋部和鍾部對轉

屋部字或從鍾部字：

容或作。《說文・七篇下・宀部》雲：「容，盛也。從宀，穀聲。」或作，雲：「古文容從公。」按從公聲。穀，屋部；公，鍾部。（《論叢・古音對轉疏證》）

鍾部字或從屋部字：《說文・八篇上・衣部》雲：「襱，絝踦也。從衣，龍聲。」丈塚切。或作襩雲：「襱或從賣。」按：從賣聲。龍，鍾部；賣，屋部。（《論叢・古音對轉疏證》）

（8）咍部和登部對轉

咍部字或從登部字：

眙或作瞪。《說文・四篇上・目部》雲：「眙，直視也。從目，台聲。」醜吏切。玄應《一切經音義》引《通俗文》雲：「直視曰瞪。」《廣韻》雲：「瞪，陸本作眙。」據此，眙瞪本一字。按：眙從台聲，台，咍部；瞪，登部。（《論叢・古音對轉疏證》）

登部字或從咍部字：《說文・十三篇上・糸部》雲：「繒，帛也。從糸，曾聲。」疾陵切。或作，雲：「籀文繒從宰省。」按從宰省聲。曾，登部；宰，咍部。（《論叢・古音對轉疏證》）

4 明文字孳乳（同源）

《說文・四篇下・肉部》雲：「肢，體四肢也，從肉，只

聲。」或作肢。《釋名・釋形體》雲：「肤，枝也，似木之枝格
也，」其說亦是也。（《述林・釋跟》）

咽喉道狹，引申於地理，孳乳為：《十四篇下・部》：「，陋
也。從，聲。」或作隘。戹訓隘，阸訓塞，皆之孳乳也。（《述
林・釋嗌》）

5 明押韻

《小雅・信南山》六章雲：「是蒸是享，苾苾芬芬，」此享字
實字也。《信南山詩》凡六章，用韻甚密。……第六章首兩句
實以芬為韻。今讀享為許兩切，則與芬不為韻，且與二三四五
諸章用韻不合矣。（《述林・釋》）

（三）異體字明字形

1 明形旁混借

《說文・十篇下・矢部》雲：「吳，大言也，從矢口。」……
愚謂矢字從大而傾其頭，故制字者即假矢為大，與頃矢之義不
相涉也。徐段皆以矢口為說，不知古人造字時有假借也。吳重
文作，字從口大，金文《攻吳王夫差監》吳字作，字亦從大，
此皆可為吾說之證者也。（《述林・釋吳》）

《十四篇上・厶部》雲：「育，養子使作善也。」或作毓，
雲：育或從每。按甲文此字作女子產子之形，字或從女，或從
每。然每字無義，乃借為母也。（《述林・造字時有通借證》）

《十四篇下・寧部》雲：「，也。所以載盛米。從寧從畱。
畱，缶也。寧亦聲。」按畱為匴之或體，匴訓不耕田，無缶之
義而許雲畱缶者，明畱假為凷也。（《述林・造字時有通借

證》）

《說文・一篇下・蓐部》蒔字從好省聲，或體作茠，從休聲，此好休二字通作之證也。（《述林・詩對楊王休解》）

2 明後起字

古字有於象形之外兼注聲旁者，《說文》七篇下網部雲：「網，庖犧所結繩以漁。從冂，下象網交文。」按冂象網之綱，或體作，則於象形之外注聲旁亡矣。（《論叢・釋旁》）

3 明異體

《說文・二篇上・口部》喟作嘳，知媚之或體亦可作嬇。（《論叢・釋嬇》）

二　古今字的利用

（一）古今字的發現

楊樹達有明確的古今字觀念。《述林・自序》中說：「發現初文，是我這本書一個重要的收穫。」「象形指事會意形聲四書的字往往有後起的加旁字。」「象形指事會意三書的字往往有後起的形聲字。」「初文」和「後起加旁字」、「後起形聲字」就是古今字的關係。而確立兩個字間的古今關係也是重要的訓詁過程。

楊氏發現並利用的古今字在《述林・文字初義不屬初形屬後起字考》和《述林・文字中的加旁字》中有較為系統的總結。下面以兩表說明其所發現的古今字。（為遵原作，兩表所及古今字互有重複。）

表 8 《述林・文字初義不屬初形屬後起字考》所發現古今字一覽表（51 組）

初文	天	各	凵	止	正		丞	異	革	夌	反	用	葡	隻	甚	乎	豆
後起字		顛假	坎	趾	延征	簺	拯	戴			扳	桶	箙	獲	媅		鼓
初文	益	冂	尢	咼	嗇	韋	久	囗	因	困	晉	晶	甬	柲	罙	匕	鼓
後起字	溢	局	僦	鄙	穡	違	灸	往	城	茵絪	梱	箭	疊	鐘鏞	探	妣	瞽
初文	卩	或	希	亙	力	卻	广	危	丮	劦	獸	甲	己	醜	辰	辱	午
後起字	膝	域國	綌		肋	腳	庀	跪		脅	狩	柙	㧓	杍	蜃	槈鎒	杵

表 9 《述林・文字中的加旁字》所發現古今字一覽表（110 組）

文字中的加旁字											
象形加旁字				會意加旁字				指事加旁字		形聲加旁字	
加形旁		加聲旁		加形旁		加聲旁		加形旁*		加形旁*	
初文	加旁字	初文	加旁字	初文	加旁字	初文	加旁字	初文	加旁字	初文	加旁字
雲	雲	廠	斤	喜	歖		歸	一	弌	莏	
丘		兒	貌	或	域	惠	蕙	二	弍		
臣	頤網			休	庥	處	處	三	弎	康	穅
乚	厷肱	火	燬					日	旳	閻	壧
它	蛇	臣	配	典		告	譽	乎		匡	筐
朋	鵬	卩	膝			炎	燄	久	灸	叢	
		曲			墾				繼	待	侍
術	秫			欸	癥					卻	腳
戶		午	啎	圭	珪					危	跪
囱	窗	齊		印	抑						

文字中的加旁字											
象形加旁字				會意加旁字				指事加旁字		形聲加旁字	
加形旁		加聲旁		加形旁		加聲旁		加形旁*		加形旁*	
初文	加旁字	初文	加旁字	初文	加旁字	初文	加旁字	初文	加旁字	初文	加旁字
求	裘	永	羕	或	國						
方	汸	晶	曐	隶	逮						
乂	刈	門	鬮	叜							
矛		雨		柋	探						
勿		片	版	辱	槈鎒						
鬲				舀	搯						
互					亂						
兆				臭	齅						
冊	笧			昌	鄙						
亢	頏			益	溢						
昔	臘			困	梱						
	淵			嗇	穡						
鼠	鼶										
巨	榘			票	熛						
慧	篲			畟	稷						
寽				甚	媅						
力	肋			奄	俺						
束	柬			遷	諐						
來				誩							
豆	梪			哥	歌謌						
包	胞			步	踄						
母	貫			劦	勰						
	派			黹							

文字中的加旁字											
象形加旁字				會意加旁字				指事加旁字		形聲加旁字	
加形旁		加聲旁		加形旁		加聲旁		加形旁*		加形旁*	
初文	加旁字	初文	加旁字	初文	加旁字	初文	加旁字	初文	加旁字	初文	加旁字
厽	畾			敬	憼						
因	茵鞇			爰	援						
甲	柙										
匕	妣										

* 指事、形聲未列加聲旁字。

（二）古今字的利用

1 明字（詞）義

（1）古今字間互證義

後起字證初文義例：

> 古文晉象插矢之形，故晉有插義。……後起字作搢。《儀禮》
> 雲：「搢三而挾一個。」又：「搢。」《禮記》雲：「稗冕搢
> 笏。」注皆訓搢為插，是也。（《論叢・釋晉》）
> 愚按《十篇上・犬部》雲：「狩，犬田也，從犬，守聲。」今
> 以獸字之形與音求之，獸蓋狩之初文也。（《述林・釋獸》）
> 《五篇下・言部》：「　，執也，從言羊。」按言為今之烹字，字
> 形為烹羊，故義為執也。執即今之熟字也。（《述林・釋養》）
> 《說文・一篇上・丨部》雲：「丨，下上通也。引而上行讀若
> 囟，引而下讀若退。」按此字為囟退二字之初文，其以引而上

行讀若凵孳乳者皆有上義，以引而下行讀若退孳乳者皆有下
義。（《論叢・說丨》）

扳實反之後起加旁字。知者，以義言之，何休訓扳為引，《莊
子》及《禮記鄭注》並以扳援連文，扳引扳援與反字形體相
合。（《述林・釋反》）

《說文・四篇上・隹部》雲：「隻，鳥一枚也。從又持隹。持
一隹曰隻，二隹曰雙。」樹達按《殷墟書契前編》卷貳雲：
「壬子，藟貞：王田於斿，往來亡？絲禦。隻鹿十一。」《卜
辭通纂》陸拾壹片雲：「丁亥，藟，貞：王田，往來亡？禽？
隻鹿八，兔二，雉五。」金文《楚王鼎》雲：「楚王戰隻兵
銅。」此皆用隻為後世之獲字。（《述林・文字初義不屬初形屬
後起字考》）

始悟此字（尢）為儋字之象形初文也……儋字今作擔，尋尢聲
詹聲古音相近，從尢聲之字如眈、耽、統、酖音讀今皆與儋
同，決知其為一字矣。異者，尢為象形，儋為形聲耳。（《述
林・釋尢》）

《說文・五篇下・言部》雲：「，孰也。從言羊。讀若純。一
曰鬻。」一曰鬻也者，孫詒讓雲：不得訓鬻，鬻疑當作字，與
煮古今字。樹達按孫說是也。……訓，以聲音求之，殆即今之
燉字也。（《述林・釋》）

初文明後起字義例：

蓋祭主贊詞之祝，以口交於神明，故祝字初文之兄字從兒從
口，此與人見用目，故見字從人目，企字從人止，臥息用鼻，
故字從屍自，文字構造之意相同。（《述林・釋兄》）

樹達謂力象人脅骨之形，蓋即肋之初文。三之者，手之列多不過三之意。加肉謂肋，猶雲之為雲，臣之為頤，乃力之後起字矣。(《論叢・釋力劦》)

罙字從穴，從火，從求省。人執火於穴中有所求，即今言探求之探之初文。深從罙得聲，宜有動字義。(《論叢・說測》)

(2) 通過明古今字關係證它字義

許從午聲，午即杵之象形字。字從言從午，謂舂者送杵之聲也。(《述林・釋許》)

今按明是甲文凡字，葉玉森謂其字象船帆之形，其說至審，知凡乃帆之初文，帆乃後起加旁字。……帆之為物也大，其始也，聯布於竿，當於地上為之；及其移而樹之於舟也，當以眾手舉之，故興字形象之，而其義為起也。(《述林・釋興》)

《說文・十四篇下・辱部》雲：「辱，恥也，從寸在辰下，失耕時，于封疆上戮之也；辰者，農之時也，故房星為辰，田候也。」按許君於字之從寸無說，釋辰為農時，而雲失耕時則戮之，然字形中絕不見失時之義也：其非正義，無可疑也。……尋辰字龜甲金文皆作蜃蛤之形，實蜃字之初字，辱字從寸從辰，寸謂手，蓋上古之世，尚無金鐵，故手持摩銳之蜃以芸除穢草，所謂耨也。(《述林・釋辱》)

餘依形求義，圖當訓地圖。從囗者，許君於同下雲：囗象國邑，是也。國邑今言城市。從啚者，餘往歲撰《釋啚篇》，定啚為鄙之初字。(《述林・釋圖》)

《八篇上・人部》雲：「像，象也，讀若養。」按今字做樣，像讀若養，養從羊聲，故義字借羊為像也。(《述林・造字時有通借證》)

（3）明古今字間形義交錯關係（即文字初義不屬初形屬後起字）

《說文・一篇上・一部》雲：「天，顛也。至高無上，從一大。」按《九篇上・頁部》雲：「顛，頂也，從頁，真聲。」……天為初文，顛頂是其初義，今顛頂之義不屬於天，乃為後起形聲字之顛所專有，而天則專謂穹蒼之天也。（《述林・文字初義不屬初形屬後起字考》）

《說文・二篇上・口部》雲：「各，異詞也。從口夊。夊者，有行而止之，不相聽也。」……《方言》卷一雲：「，至也。」《說文・二篇下・彳部》雲：「徦，至也。」徦皆各之後起字也。……各為初形，來與至為初義，今初義為後起至徦所專，而各但為各自至各矣。（《述林・文字初義不屬初形屬後起字考》）

《說文・二篇上・凵部》雲：「凵，張口也。象形。」按張口非凵之初義。……以聲求之，凵當為坎之初文。……凵為坎陷，凵坎一音，坎為凵之後起字明矣。間坎陷之義專屬於坎，無知凵之為坎者矣。（《述林・文字初義不屬初形屬後起字考》）

《說文・二篇上・止部》雲：「止，下基也。象草木有阯，故以止為足。」……毛傳雲：「趾，足也，」趾為止之後起加形旁字，乃儼然據有止之本義，而止僅為行止終止諸義矣。（《述林・文字初義不屬初形屬後起字考》）

《說文・二篇下・正部》雲：「正，是也。從止，一以止。」……正字甲文或作又作，從口者，甲文假口為丙之丁，蓋古城字。……《說文・二篇・夊部》雲：「延，行也，從夊，正聲。」又《辵部》雲：「，正行也，從辵，正聲。」或

作征。延征皆正之後起加形旁字，卻皆據有征行之初義，而正但為邪正之正矣。（《述林・文字初義不屬初形屬後起字考》）

《說文・二篇上・部》雲：「，舌貌。從省。象形。」……「古文。讀若三年導服之導。一曰竹上皮。讀若沾。一曰讀若誓。弼字從此。」……余謂《說文・五篇上・竹部》雲：「簟，竹席也。從竹，覃聲。」讀若三年導服之導，導即禫字，簟與禫同從覃聲。又讀若沾，簟與沾古韻同覃部字。由此知與簟同音，實簟之初文也。今竹席之義為後起之簟字所專，無有知之為簟者矣。（《述林・文字初義不屬初形屬後起字考》）

《說文・三篇上・部》雲：「丞，翊也。從，從卪，從山。山高，奉承之義。」……丞字象初出上舉之形，乃拯之初字，而許君不知，乃訓為翊，上舉之訓，乃為後起加形旁之拯所據有。文字之用，歷久而顛倒錯亂有如此者。（《述林・文字初義不屬初形屬後起字考》）

《說文・三篇上・異部》雲：「異，分也。從，從畀，畀，興也。」……《說文》雲：「戴，分物得增益曰戴。從異，聲。」按在咍部，異在德部，為咍部之入聲，戴乃異之加聲旁字。……要之異本頭上戴物之誼，今其義為戴字所專有，而異乃專為分異異同之義矣。（《述林・文字初義不屬初形屬後起字考》）

《說文・三篇下・又部》雲：「叜，老也。從又，從災，闕。」……叜乃之初字耳。求為叜之初義，今叜字失其初義，乃由後起加形旁之字據有之，而叜字專為長者老人之義矣。（《述林・文字初義不屬初形屬後起字考》）

《說文・三篇下・又部》雲：「反，覆也。從又，從廠，反

形。」……反字本義為攀引，今失其初義，其義乃由後起加旁之扳字承受之。（《述林・文字初義不屬初形屬後起字考》）

《說文・五篇上・甘部》雲：「甚，尤安樂也。從甘，從匹，匹，耦也。」又《十二篇下・女部》雲：「媅，樂也。從女，甚聲。」樹達按二字義同，異者，甚為會意字，媅為會意加義旁字耳。……今則男女媅樂之初義為媅字所專有，而甚則只為尤甚之義，無有媅樂之義矣。（《述林・文字初義不屬初形屬後起字考》）

余謂用蓋桶之初文。……用為初文，桶為後起形聲字，用之初義失，由桶字承受而據有之，而用字只為形用之用矣。（《述林・文字初義不屬初形屬後起字考》）

《說文・三篇下・用部》雲：「　，具也。從用，苟省。」……盛矢器為　之初義，《說文》為具，則失其初義，而後起形聲字之箙字乃據有　字之初義焉。（《述林・文字初義不屬初形屬後起字考》）

（4）明詞義

晉者，箭之古文也。……《吳越春秋》卷八記勾踐使大夫種複吳封禮有晉竹十廋，晉竹即箭竹，所謂會稽竹箭者是也。（本段玉裁說。）（《論叢・釋晉》）

2　古今字明異文

獸蓋狩之初文也。……《詩・小雅・車攻篇》雲：「建旐設旄，搏獸于敖。」《水經注》及《後漢書安帝紀注》並引作「薄狩于敖，」《東京賦》亦作薄狩，蓋《三家詩》文如此。今按：……獸狩不同者，《毛詩》為古文，作獸，用初字；《三

家》為今文，作狩，用後起字也。(《述林・釋獸》)

余謂希蓋即絺之初文……《書・皋陶謨》雲:「絺繡，」絺鄭本作希。《周禮・春官・司服》雲:「祭社稷五祀則希冕，」以希為絺。(《述林・釋希》)

3 明古今字字形關係規律

（1）明三書字變形聲字

會意變形聲例:

> 獸蓋狩之初文也。……獸為會意字，變為形聲之狩，此餘謂象形、指事、會意三書之字多變為形聲者也。(《述林・釋獸》)

象形變形聲例:

> 《足部》又雲:「，步行獵跋也，從足，貝聲。」此與為一字。異者，為象形字，為形聲字耳。余謂象形指事會意三書字多變為形聲，此其一事也。(《述林・釋步》)

象形會意變形聲例:

> 《門部》又雲:「闓，開也。從門，豈聲，」此開之形聲字也。又雲:「閟，閉門也，從門，必聲，」此閉之形聲字也。皆象形字，閉為會意字，變為形聲乃為闓闢閟矣。(《述林・釋開闢閉》)

（2）明三書加形旁累增

象形字加形旁例：

> 跊與步當為一字。異者，步為象形字，跊別加義旁足字爾。許
> 君雲從足步聲，不知步跊為一文而析為二字，又非也。步象二
> 足，跊又從足，象形字加義旁者，必有複疊之形也。（《述林‧
> 釋開闢閉》）

會意字加形旁例：

> 《說文‧八篇上‧先部》雲：「先，前進也，從兒，從
> 之。」……《八篇上‧人部》雲：「侁，行貌，從人，先
> 聲。」……按行貌和前進義同，先從兒，侁又從人，於形為
> 複，二字蓋本一文，侁乃先之後起加旁字也。（《述林‧釋
> 先》）

三書字加形旁例：

> 許君所認為形聲字，頗多象形指事會意加形旁之字，餘已屢言
> 之矣。如《禾部》雲：「，齊謂來也，從禾，來聲，」此象形
> 來加義旁禾也。《火部》雲：「灸，灸灼也，從火，久聲，」此
> 指事久加義旁火也。《邑部》雲：「鄙，五酇謂鄙，從邑，啚
> 聲，」此會意啚加義旁邑也。三書加形旁之字與形聲之字極相
> 類，而不同者，形聲字如江河，水與工，水與可，不相涉也。
> 加形旁之字不然。（《述林‧釋》）

三　通假字的利用

通假字是古籍中常見的文字歧異現象，而識別通假字也是重要
的訓詁工作，楊氏訓詁亦有大量的破解通假字從而進行訓詁的
例子。但是，通假字問題不僅僅是文字問題，還是聲音問題，
因為通假的必要條件就是聲音相同或相近。因此，關於楊氏利
用通假字的例子這裡從略，其例子和本書第四章第三節之「聲
音的運用・破假借」互見。

四　形訛字的利用

楊氏利用字形，明其訛誤，以作校勘，疏其語義。如：

《原道訓》（一卷十五頁下）高注雲：「質的，射者之准執
也。」按執字義不可通，明是蓺字形之誤。（《論叢・讀劉叔雅
君淮南鴻烈集解》）

《時則訓》（卷第五八頁下）高注雲：《詩》雲：「鼉鼓洋
洋。」按今《毛詩大雅・下武篇》作鼉鼓逢逢，洋與逢聲不相
近，明是誤字。考《呂覽・季夏紀》及《諭大篇》高兩引此詩
均作韸韸，則洋洋是韸韸之誤無疑。《毛詩・釋文》雲：「逢亦
作。」韸形近，（音文一生）亦韸之誤字。（《論叢・讀劉叔雅
君淮南鴻烈集解》）

如四卷九頁下雲：「八主風，風主蟲，蟲故八月而化。」按八
月而化，《大戴禮》、《易・本命篇》、《家語・本命解》雖同，
月字實是誤字。……按《說文》風字下雲：「蟲八日而化。」
《春秋考異郵》、《論衡商蟲篇》皆同，則月為日字之誤無疑。

（《論叢・讀劉叔雅君淮南鴻烈集解》）

又如《時則訓》雲：（五卷九頁）「命四監大夫令百姓之秩芻以養犧牲也。」「令」字本不可通，明是「合」字之誤。《禮記・月令》及《呂覽》皆作合，其明證也。（《論叢・讀劉叔雅君淮南鴻烈集解》）

又雲：「伐尋抱不韋之稀，蓻拱把不為之數。」數，猶稠也，與稀為對文……《崔駰傳》注釋「數」為「概」者，概乃概之誤文。《說文》：「概，稠也。」（《論叢・讀王葵園先生後漢書集解》）

《和熹鄧後紀》雲：「汝，我家出，爾敢爾邪。」上爾自不可通，乃亦字形近之誤。（爾俗書作尒，與亦形近。）《鄧禹傳》正作亦，當據之改正。（《論叢・讀王葵園先生後漢書集解》）

「然不紀重質賂之故改節。」樹達按：「紀」字無義，字當作「以」，蓋「以」或作「已」，因訛為「紀」也。（《鹽鐵論要釋・結和第四十三》）

「幣之信故疑新。」樹達按：「比之」無義，當作「比比。」比比，猶言往往。寫書者于重文下一字多作兩點，故誤為「之」耳。（《鹽鐵論要釋・錯幣第四》）

「臑鱉膾腥。」孫詒讓雲：「腥」當作「鯉」，形近而誤。……樹達按：《御覽》引此文正作「鯉」字。（《鹽鐵論要釋・散不足第二十九》）

「故祭祀而寬。」樹達按：「寬」字無義，蓋「寡」字之誤，「寬」與「寡」形近似。（《鹽鐵論要釋・散不足第二十九》）

「甲士糜弊。」樹達案：句不通，「士」疑「兵」字之誤。（《鹽鐵論要釋・刺複第十》）

「昔商鞅之任秦也。」樹達案：「任」疑「仕」字之誤。（《鹽

鐵論要釋‧結和第四十三》)

「樂歲不盜。」樹達案:「盜」字無義,疑「盈」字之誤。《孟子‧滕文公》篇雲:「則必取盈焉」,樂歲不盜,謂樂歲亦不多取也。(《鹽鐵論要釋‧取下第四十一》)

「追觀上古,及賢大夫。(十三上)」樹達注:及字無義,字當作友,及與友形近致誤耳。《說苑‧建本篇》雲:「追觀上古,友賢大夫」,字正作友,是其證也。(《淮南子證聞‧修務訓第十九》)「於是泰清中而歎曰。」樹達按:「中」字無義,字當作「仰」,形近誤也。《釋文》雲:「崔本中作卬」,「卬」即「仰」,《淮南子‧道應篇》用此文正作「仰」。(《積微居讀書記‧莊子拾遺》)

故古之至兵才民未合而威已諭矣敵已服矣。(八之五下)樹達按:作「士民」者是也,「才」乃形近誤字。(《積微居讀書記‧讀呂氏春秋劄記》)

「更始將北都洛陽以光武行司隸校尉使前整修宮府。」樹達按:「宮」當作「官」,形近致誤。(《積微居讀書記‧讀後漢書劄記》)

「去想去意靜虛以待不伐之言不奪之事督名審實官使自司。」樹達按:「奪」當為「奮」,字形之誤也。「不奮之事」謂不以事自矜奮也(《淮南》亦誤作「奪」)。(《積微居讀書記‧尚書說》)

「人主出聲應容不可不審。(十八之一)」樹達按:「容」字無義,疑「客」字形近之誤。(《積微居讀書記‧讀呂氏春秋劄記》)

水凍方固(十四之十六)樹達按:「水」疑「冰」之誤字。(《積微居讀書記‧讀呂氏春秋劄記》)

五　異文的利用

（一）異文明字義

1　明字之本義

　　以字形考之，工象曲尺之形，蓋即曲尺也。巨所以為方，《說文》字或做榘，經傳通作矩，《史記》、《禮》、《書》、《索隱》訓矩為曲尺，而巨字形為手持工，此工即曲尺之明證也。（《述林·釋工》）

　　《說文·十四篇上·斤部》雲：「所，伐木聲也，從斤，戶聲。《詩》曰：伐木所所。」按所與許古音同，故《毛詩》作伐木許許。運斤伐木有聲謂之所，持杵搗粟謂之許，字音同，古義亦相近矣。（《述林·釋許》）

　　蕩亦平也。《詩》雲：「王道蕩蕩。」又雲：「王道平平。」

2　明字之假借義

　　彼（一）不完全內動詞，假做「匪」字用，非也。彼交匪敖，萬福求來。（《詩小雅桑扈》）按《左傳》襄公二十七年說此詩雲：「匪交匪敖，福將焉往？」（《詞詮》「彼」字條）

3　明聲中有義

　　按瞿聲字有分張旁出之義。……按《顧命》之瞿字《廣韻》作戵，訓為戟屬，此與《顧命偽孔傳》雲戣、瞿皆戟屬者正同。據《鄭注》，則戵之受名蓋以三鋒為義也。（《述林·釋衢》）

4　明詞義

　　《尚書》有《多方篇》，篇首雲：「周公曰：王若曰：猷！告而四

國多方，惟而殷侯尹民。」……今按：方者，殷周稱邦國之辭。《詩‧大雅‧常武篇》三章曰：「徐方繹騷」，又曰：「震驚徐方」，全篇稱徐方者凡七見，而五章又曰：「濯征徐國」，故鄭君箋《詩》，釋徐方為徐國，此徐國恒稱徐方也。(《述林‧釋尚書多方》)

《書‧湯誓篇》云：「夏罪其如台？」《史記‧殷本紀》作「有罪其奈何」。又《高宗肜日篇》云：「乃曰其如台？」《殷本紀》作「乃曰其奈何」。又《西伯勘黎篇》云：「今王其如台？」《殷本紀》作「今王其奈何」。此台訓為何之證也。(《論叢‧詩於以采蘩解》)

《論語》孔子曰：「弟子，入則孝，出則弟，謹而信。」……《禮記》曰：「君子寡言而信以成其行。」此云「謹而信」，彼云「寡言而信」，此謹為寡言之碻證也。(《論叢‧釋謹》)

(二) 異文明聲音

1 明假借

(1) 明聲符通借

《管子‧小稱篇》：「嗟茲乎！聖人之言長乎哉！」《說苑‧貴德篇》曰：「嗟茲乎，我窮必也。」《尚書‧大傳》曰：「嗟子乎，此蓋吾先君文武之風也。」「嗟茲乎」或作「子乎」，此又「茲」、「子」通作之證也。(《論叢‧釋慈》)

《說苑貴德篇》曰：「嗟茲乎！吾窮必矣！」《儀禮經傳通解續》引《尚書大傳》曰：「嗟子乎！此蓋吾先君文武之風也。」嗟茲乎或作嗟子乎，此又茲、子通作之證也。(《論叢‧釋慈》)

《書‧堯典》：「共工方鳩僝功。」方《史記‧五帝紀》及《說文》二篇下辵部逑下、八篇下人部僝下並作旁。又《益稷篇》云：「方施象刑惟明。」方《白虎通‧聖人篇》、《新序‧節士篇》並作

旁。又《呂刑篇》雲：「方告無辜於上。」方《論衡·動作篇》作旁。(《論叢·釋放》)

《論語·鄉黨篇》雲：「素衣麑裘。」《國語·魯語》雲：「獸長麑。」麑字皆作麑。弭與兒通作，故知麑之從弭猶從兒矣。(《述林·釋麑》)

《四篇下·肉部》雲：「膞，切肉也，從肉，專聲。」《儀禮》字作肫。屯古韻在痕部，耑在寒部，二部音近，故其孳乳字篇同義，膞肫通作也。(《述林·釋篇》)

（2）義近借其音

《小雅·雨無正》之十三章曰：「戎成不退，饑成不遂。曾我暬禦，慘慘日瘁。凡百君子，莫肯用訊。(字當作誶)聽言則答，譖言則退。」按退遂瘁誶退古韻在沒部，而答字則在合部，韻不葉，而《詩》文如此者，答對義同，答字讀對字之對，而在沒部也。《大雅·桑柔》之十三章曰：「大風有隧，貪人敗類，聽言則對，誦言如醉。」聽言則對與聽言則答文句同而字作對，其明證也。(《述林·釋畾》)

（3）二字通假

按畾讀若朝者，《左傳》王子朝，《漢書·五行志》作王子畾。《史記》畾錯，《漢書》作朝錯。《漢書·嚴助傳》：「畾不多夕」，亦假畾為朝。(《述林·釋畾》)

按此灑字《史記·河渠書》作廝。《索隱》雲：「廝，《漢書》作灑。《史記》舊本亦作灑，字從水。韋昭雲：疏決為灑。」……然《爾雅》、《史》、《漢》之灑釃，蓋以聲近假為斯。(《論叢·爾雅大瑟謂之灑解》)

　　按一之日泧，乃《詩・豳風・七月篇》三家詩文，《毛詩》作「觱發」，傳亦雲：「觱發，風寒也。」泧為本字，觱發為假字。(《論叢・詩匪風發兮匪車偈兮解》)

　　「王若曰格汝眾予告汝訓汝猷黜乃心無傲從康」。樹達按：《大誥》「猷」字，馬融本作「繇」，金文亦作「繇」。……猷、繇字通，《詩》巧言「秩秩大猷」，漢書班固傳作「繇」，是其例也。(《積微居讀書記・尚書說》)

2 明聲韻相通

　　《左氏春秋經》雲：「夫人姒氏薨，」姒氏《公羊經》作弋氏。又「葬我小君定姒，」《公羊經》作定弋。《定公十五年・左氏春秋經》雲：「姒氏卒。」又雲：「葬定姒。」《穀梁經》作弋氏與定氏。姒從以聲，咍部，弋，德部。……此皆咍德二部相通之證也。(《論叢・釋（目縣）瞔》)

　　以聲韻言之，反同在古韻寒部。《詩・齊風》雲：「四失反系」，反《韓詩》作變。《小雅・賓之初筵篇》雲：「威儀反反」，反反《韓詩》作扳扳。《莊子・秋水篇》雲：「是謂反衍。」《釋文》雲：「反本作畔。」《說文・水部》泛水即汴水，是二字古聲韻同之證也。(《述林・釋反》)

3 明通讀

　　星字《說苑・指武篇》作晴。《漢書・天文志》曰：「日餔時，天暒晏，」以暒為姓，此皆星字古讀晶之證也。知晶、星二字古本同音，則二文為一可以無疑也。(《述林・釋晶》)

　　按《說文》爾下雲麗爾，《廣韻》則雲尒，尒即麗爾，陸法言之訓本自故書，知古人故讀為麗矣。(《述林・釋》)《周禮・地官・鄉

師》雲：「巡其前後之屯」，故書屯或為臀，知屯、臀古音同也。《說文》或作膒，知膒古同音也。（《述林・字義同緣於語源同續證》）

4　明二字通用

《老子》雲：「廉而不劌。」《釋文》：「劌河上公本作害。」劌害異文。猶之曷害異文也。（《論叢・釋曷》）

且戴與載古恒通用，《左傳・隱公十年》經：「宋人蔡人衛人伐戴」，《穀梁經》作載。《禮記・月令》「載勝」，《釋文》戴本作載。又《郊特牲》「載冕璪」，《釋文》戴本亦作載。《荀子・解弊篇》雲：「唐鞅弊于欲權而逐載子，」楊注雲：「載讀為戴。」《列子・黃帝篇》章載，《釋文》雲：「一本作章戴。」《詩・絲衣》載弁俅俅，《爾雅・釋言注》引作戴。此皆二字通用之證也。（《論叢・瞯戴目釋義》）

大抵古人曷害二文多通用。《書・大誥》雲：「予曷其不于淺寧人圖人圖功攸終？」又雲：「予曷敢不于前寧人攸受休畢？」又雲：「予曷敢不終朕畝？」《漢書翟義傳》載《莽誥》，三曷字皆作害。（《論叢・釋曷》）

5　明古音對轉

（1）微部和痕部對轉

微部字或作痕部字：

慰或作愠。《詩・小雅》雲：「以慰我心。」《釋文》雲：「《韓詩》作以愠我心。」按：慰，微部；愠，痕部。（《論叢・古音對轉疏證》）

幾或作近。《易中孚》雲：「月幾望。」《釋文》雲：「幾京作近。」又《小畜》雲：「月幾望。」《釋文》雲：「幾《字夏傳》作近。」按：幾，微部；近，痕部。（《論叢・古音對轉疏證》）

戾或作咨。《禮記・大學》雲：「一人貪戾。」《鄭注》雲：「戾或作咨。」按：戾，微部；咨，痕部。（《論叢・古音對轉疏證》）

痕部字或作微部字：運或作違。《易・繫辭上傳》雲：「日月運行。」《釋文》雲：「運姚作違。」按：運，痕部；違，微部。（《論叢・古音對轉疏證》）

梱或作魁。《儀禮・大射儀》雲：「既拾取矢，梱之。」又雲：「揚觸，梱複。」《鄭注》並雲：「古文梱作魁。」按：梱，痕部；魁，微部。（《論叢・古音對轉疏證》）

君或作威。《爾雅・釋親》雲：「姑舅在，則曰君舅君姑。」《說文・十二篇下・女部》雲：「威，姑也。從女，從戌。《漢律》曰：婦告威姑。」按：威姑即君姑。君，痕部；威，微部。（《論叢・古音對轉疏證》）

辰或作夷。《左氏・宣公十一年經》雲：「夏，楚子陳侯鄭伯盟于辰陵。」辰陵《穀梁經》作夷陵。按：辰，痕部；夷，微部。（《論叢・古音對轉疏證》）

（2）沒部和痕部對轉

沒部字或作痕部字：

掘或作穿。《易・繫辭》雲：「掘地為臼。」《眾經音義》十引掘作穿。按：掘，沒部；穿，痕部。（《論叢・古音對轉疏證》）

痕部字或作沒部字：允或作術。《詩・小雅・十月》雲：「仲允膳夫，」《漢書・古今人表》作膳夫中術。按：允，痕部；術，沒部。（《論叢・古音對轉疏證》）

《詩・大雅・雲漢》雲：「蘊隆蟲蟲。」《釋文》雲：「蘊《韓師》作鬱。」按：蘊，痕部；鬱，沒部。（《論叢・古音對轉疏證》）

（3）歌部和寒部對轉

歌部字或作寒部字：

施或作延。《詩・大雅・旱麓》雲：「施於條枚，」《呂覽・知分篇》、《韓詩外傳》卷二引《詩》及《後漢書・黃琬傳注》引《新序》施並作延。按：施，歌部；延，寒部。（《論叢・古音對轉疏證》）

偽或作然。《莊子・齊物論》雲：「道惡乎隱二有真偽？」《釋文》雲：「真偽崔本作真然。」按：偽，歌部；然，寒部。（《論叢・古音對轉疏證》）

寒部字或作歌部字：焉或作為。《禮記・三年問》雲：「加隆焉爾也。」《釋文》雲：「焉一本或作為。」按：焉，寒部；為，歌部。（《論叢・古音對轉疏證》）

韓或作何。《史記四・周本紀》雲：「何不令人謂韓公叔？」《集解》徐廣曰：「韓一作何。」應劭曰：「《氏姓注》雲：以何姓為韓後。」按：韓，寒部；何，歌部。（《論叢・古音對轉疏證》）

（4）曷部和寒部對轉

曷部字或作寒部字：

會或作冠。《詩・衛風》雲：「會弁如星。」《呂氏春秋上・農篇注》引作冠弁如星。按：會，曷部；冠，寒部。（《論叢・古音對轉疏證》）

刮或作捖。《周禮・考工記》雲：「刮摩之工五。」鄭注雲：「故書刮作捖。」按：刮，曷部；捖，寒部。（《論叢・古音對轉疏證》）

寒部字或作曷部字：延或作誓。《禮記・射義》雲：「使子路執弓矢出延射。」鄭注雲：「延或為誓。」按：延，寒部；誓，曷部。（《論叢・古音對轉疏證》）

按或作遏。《詩・大雅》雲：「以按徂旅。」《孟子・梁惠王篇》引作以遏徂莒。按：按，寒部；遏，曷部。（《論叢・古音對轉疏證》）

（5）錫部和青部對轉

錫部字或作青部字：

役或作穎。《詩・大雅・生民》雲：「禾役穟穟。」《說文・禾部》兩引皆作禾穎。按：役，錫部；穎，青部。（《論叢・古音對轉疏證》）

青部字或作錫部字：營蚚或作蠲。《禮記・月令》雲：「季夏之月，腐草為螢。」《呂氏春秋・季夏紀》、《淮南・時則篇》皆雲：「腐草化為蚈。」《說文・十三篇上・蟲部》《明堂月令》

曰：「腐草為蠲。」按：營、蚈皆青部；蠲從益聲，本錫部
字。（《論叢・古音對轉疏證》）

（6）模部和唐部對轉

模部字或作唐部字：

> 序或作象。《易・繫辭》雲：「是故君子所居而安者，《易》之
> 序也。」《釋文》雲：「序虞作象。」按：序，模部；象，唐
> 部。（《論叢・古音對轉疏證》）
>
> 唐部字或作模部字：迎或作禦。《史記・天官書》雲：「迎角而
> 戰，不勝。」徐廣曰：「迎一作禦。」按：迎，唐部；禦，模
> 部。（《論叢・古音對轉疏證》）

除以上外，《論叢・古音對轉疏證》還利用異文證明支部和青部
對轉、鐸部和唐部對轉、侯部和鐘部對轉、屋部和鐘部對轉、咍部和
登部對轉、德部和登部對轉。

6 明《說文》讀若

楊氏《說文讀若探源》舉有《說文》讀若「本自經籍異文者」67
條，雲：「許君精熟五經，博通群籍，知其異字同音，故爾以此擬
彼。」下舉其數例。

> 《詩・大雅・公劉》雲：「芮鞫之即，」《周禮・夏官職》方氏
> 注引作「汭之即。」《詩經》有此芮、汭異文，則二字經師同
> 讀可知，故許君據之而雲芮讀若汭也。（《述林・說文讀若探
> 源》）

《詩・小雅・四月》雲：「近瘁以仕。」《釋文》雲：「瘁本又作萃。」……經傳屢以萃瘁為異文，則二字同音甚顯。《釋文》雖撰自唐人，而經本異文則始于秦漢之際，故許君本之而雲萃讀若瘁也。（《述林・說文讀若探源》）

《艸部》雲：「菶，艸盛貌，從艸，奉聲。」《廣雅釋訓》雲：「菶菶，茂也。」此菶字本義也。許君於此及《玉部》珒字下並引《詩》「瓜瓞菶菶，」蓋《三家詩》作菶，用本字也；《毛詩》作「瓜瓞唪唪」，用假字也。許君見《毛詩》假唪為菶，知唪音必與菶同，故雲唪讀若菶矣。（《述林・說文讀若探源》）

《詩・魏風・碩鼠》雲：「逝將去女，適彼樂土。」《公羊傳・昭公十五年疏》引作「誓將去女。」蓋《三家詩》有作誓字者，此《詩》本表示決絕之辭，《三家》作誓，用本字也；《毛詩》作逝，用假字也。許君見誓逝異文，知二字必同音，故雲逝讀若誓矣。（《述林・說文讀若探源》）

《論語・憲問篇》雲：「南宮適問孔子，」《釋文》雲：「適本一作括。」適括二字經傳屢為異文，則二字同音甚明，故許君雲適讀若括矣。（《述林・說文讀若探源》）

（三）異文明字形關係

1 明古今字

《儀禮》雲：「用錫若絺，綴諸箭。」鄭注雲：「古文箭作晉。」《周禮》雲：「揚州，其利金錫竹箭。」鄭注雲：「故書箭作晉。」杜子春曰：「晉當為箭，書亦或為箭。」此征諸經典異文者二也。（《論叢・釋晉》）

余謂希蓋即絺之初文……《書・皋陶謨》雲：「絺繡，」絺鄭本作希。《周禮・春官・司服》雲：「祭社稷五祀則希冕，」以希為絺。（《述林・釋希》）

（各）經傳作格，同音借字也；《方言》作，後起加形旁字也；《說文》作徦，後起之形聲字也。（《述林・釋各》）

《左傳・襄公四年》雲：「獸臣司原。」杜注雲：「獸臣，虞人，」此經傳以獸作狩字用之證也。漢《楊君石門頌》雲：「惡蟲蔽狩。」《張遷碑》雲：「帝游上林，問禽狩所有，」皆以狩為禽獸之獸。（《述林・釋獸》）

2　明異體字

似者，謂子貌似其父母也。……肖《釋文》作俏。按肖或從人作俏，似字從人，與俏字同。肖為骨肉相似，知似亦當為骨肉相似也。（《述林・釋似》）

經傳有扳字，……何注雲：「扳，引也。」扳訓引，與《說文》字訓同。《禮記・喪大記注》雲「承襲哭者，哀慕若欲扳援。」《釋文》雲：「扳本又作攀。」《莊子・馬蹄篇》雲：「鳥雀之巢可攀援而闚。」《釋文》雲：「攀又作扳。」攀即《說文》字或作之，此皆扳同字之證也。（《述林・釋反》）

《八篇上・人部》雲：「侁，行貌，從人，先聲。」按《楚辭・招魂》曰：「豺狼從目，往來侁侁些。」王逸注引《詩》「侁侁征夫」。今《毛詩・小雅・皇皇者華篇》作「駪駪征夫」。王引侁侁者，乃《三家詩》，為許君所本。（《述林・釋先》）

3 明形訛字

《詩・小雅・車攻篇》雲:「建旐設旄,搏獸于敖。」《水經注》及《後漢書安帝紀注》並引作「薄狩于敖,」《東京賦》亦作薄狩,蓋《三家詩》文如此。今按:《毛詩》字亦當作薄,薄為語辭,猶《魯頌・泮宮篇》之言「薄采其芹」也。(《述林・釋獸》)

《時則訓》(五卷九頁)雲:「命四監大夫令百姓之秩芻以養犧牲也。」「令」字本不可通,明是「合」字之誤。《禮記・月令》及《呂覽》皆作合,其明證也。(《論叢・讀劉叔雅君淮南鴻烈集解》)

第四章
楊樹達的音義觀及其在訓詁中的應用

第一節　楊樹達的音義觀

　　訓詁之旨，在於聲音。聲音和意義的關係問題是訓詁學的根本問題。如前所述，楊樹達頗得乾嘉「聲近義通」之旨，又受到西方語源學的影響，因此，他對文字假借、聲義關係都有獨到的見解。

一　楊樹達的假借觀

（一）造字時有通借

　　楊樹達認為「六書」之假借實為意義之引申，他說：「六書有假借，許君舉令長二字為例，此治小學者盡人所知也。然此類實是義訓之引申，非真正之通假，且以號令年長之義為縣令縣長，乃欲避造字之勞，以假借為造字條例之一，又名實相舛矣。」（《述林・造字時有通借證》）他明確提出「文字構造之初已有彼此相通借的現象」。（《論叢・自序》）雲：「餘研尋文字，加之剖析，知文字造作之始實有假借之條。模略區分，當為音與義通借、形與義通借兩端。[1] 名曰通借者，欲以別於六書之假借及經傳用字之通假，使無相混爾。」（《述林・造字時有通借證》）楊氏「造字時有通借」可以下表明之。

1　形與義通借和「聲義觀」無關，此處和下表均連類及之。

表 10　楊樹達造字時有通借簡表

	分類	含義	舉例
造字之通借	音與義通借 音同借其義	甲乙二字音同或音近，字為甲，而實用乙字之義	鹹：咸為會意字，然從口從戌，會意之旨不明，故許君又雲戌悉以明之。此非訓戌為悉，謂假戌為悉也
	音與義通借 義同借其音	甲乙二字義同，今字作甲，而實用乙字之音	需：而須義近，以須字之音為而字之音
	形與義通借 形近借其音	甲乙二字形近，今字作甲形，實用乙字之義	吳：訓大言，而矢為傾頭，無大義，矢大形近，制字者假矢為大
	形與義通借 義近借其形	甲乙二字義相類似，義雖為甲，而形則為乙	麤：義為大山羊，字卻從鹿，鹿羊同為四足之獸，義近而假用

（二）用字時有通假

1 音同借其義（通假）

　　楊氏認為古人用字有假借：「義與形符，所謂本字也；而經傳用字，則往往第取本字之音與義而舍其形，所謂通假字也。」（《述林・說文讀若探源》）他在《述林・擬整理古籍計畫草案》中認為「經籍文字扞格難通有二事」，第一就是「文字之通假」。他認為本字和假字只是音近，而無義之聯繫：「正字假字之關係在音不在義。正字與假字，只有音之關係，絕無義之關係。」又：「本字者，造字之始，因義賦形，形與義密合之字也。假字者，其義與本字無關，但以聲音與本字相近，姑假作本字之用者也。」（《述林・彝銘與文字》）

2 義同借其音（同義換讀）

楊氏認為不僅造字時有義同借其音者，經籍用字也有其例，和今所言「同義換讀」大致相當。如《述林・釋靐》：「《小雅・雨無正》之四章曰：『戎成不退，饑成不遂，則我墊禦，憯憯日瘁，凡百君子，莫肯用訊（字當作誶）。聽言則答，譖言則退。』按退遂瘁誶古韻在沒部，而答字則在合部，韻不葉，而《詩》文如此者，答對義同，答字讀對字之對，而在沒部也。」他又說：「夫字各有音，今讀甲為乙，得無紊乎？曰：古文以中為屮（《一篇下・屮部》），中屮音異也。古文以丂為於（《五篇下・丂部》），丂於音異也。古文以為澤（《十篇下・介部》），澤音非一也。文字若此類者甚眾。……若其始初，同義字往往同音，字音之界限不嚴，彼此可以互用也。」

二　楊樹達的聲義觀

（一）形聲字聲中含義

楊氏關於聲義關係的探求是以尋求語源為出發點的，其曾云：「我治文字學的一個重要目的是在求得一些文字的語源。」而其文字探源研究又是從形聲字入手的，他說：「語源存乎聲音，《說文解字》載了九千多字，形聲字占七千多，占許慎全書中一個絕大部分；所以研究中國文字的語源應該拿形聲字做物件，那是必然的。」（《述林・自序》）

1 形聲字聲旁有義

楊氏繼承了「右文說」的合理成分，提出「形聲字中聲旁往往有義」。（《述林・自序》）如《論叢・釋曾》：「曾有益義，故從曾聲之字

多含有加益之義，不惟贈字為然也。」他說：「中土文書，以形聲字為多，謂形聲字聲不寓義，是直謂中土語言不含義也，遂發憤求形聲字之說。」（《論叢・自序》）又說：「以我國文字言之，形聲字居全字十分之九，謂形聲字義但寓於形而不在聲，是直謂中國文字離語言而獨立也。」（《論叢・形聲字聲中有義略證》）

楊氏認為形聲字聲中含義，是和其文字孳乳觀相聯繫的。形聲字當是在象形、指事、會意三書的基礎上孳乳而浸多的，即楊氏所言「象形指事會意三書的字往往有後起的形聲字」。「象形指事會意形聲四書的字往往後起的加旁字。一加形旁，一加聲旁。」加旁孳乳的結果，往往會使被孳之字和主孳之字在意義上發生聯繫。加旁字和文字孳乳，事實上涉及了形聲字聲中有義的理據，即聲符含義原因的解釋。

2 形聲字聲旁有假借

楊氏認為形聲字聲中含義並非在其形，而是存於聲。楊氏提出一個很重要的觀點：形聲字聲類有假借，即前所雲「文字構造之初已有彼此相通借」。如訓「慈」為愛子，認為字從茲聲就是從子聲，假茲為子。關於這一點，可以說是楊氏的一大發明，是對「右文說」偏執形體的反動。聲符有假借，劉師培、章太炎、黃侃也有所察覺，如劉師培《字義起於字音說》雲形聲字「若所從之聲與所取之義不符，則所從得聲之字必與所從得義之字聲近義同」。黃侃《文字聲韻訓詁筆記》雲：「形聲之字雖以取聲為主，然所取之聲比兼形義方為正派。蓋同音之字甚多，若不就義擇取之，則何所適從也。……而或以字體不便，古字不足，造字者遂以假借之法施之形聲矣。假借與形聲之關係，蓋所以濟形聲取聲之不足者也。是故不通假借，不足以言形聲。」但真正明確提出「聲符有假借」並用大量實例作系統論證的，楊氏則是第一人。《造字時有通借證》、《形聲字聲中有義略證》指出

聲類假借就有92條。楊氏打破了聲符形體的限制，把聲符僅看作表音的符號，將「右文說」全面發展為「右音說」：「蓋古人于形聲字之聲類，但求音合，不泥字形也。」（《述林‧釋韓》）

3　聲義關係不一一對應

音節是有限的，但意義卻有無窮多個。這一矛盾必然表現為一個聲音要表示多個意義；由於時空的隔閡，同一個意義也有可能選擇不同的聲音來表達。前者可表述為「一聲多義」，後者可表述為「一義多聲」。楊氏對此也有清楚的認識，如：

「一義多聲」問題：

表 11　楊樹達「一義多聲」問題簡表

字義	大					小							紅					下			
聲類	左	叚	分	吳	高	此	取	眇	幾	佳	少	兼	丹	者	叚	朱	赤	免	於	臾	名
篇目	釋雌雄	釋雌雄	釋雌雄	釋雌雄	釋雌雄	釋雌雄	釋雌雄	例證	續證	續證	說少	釋謙	釋斿	略證	略證	略證	略證	釋晚	例證	例證	例證
字義	直					白							通			止		塞			
聲類		交	幹	居		燕	番	崔	票	昏	凶	寮	叕	互	刃	止	氏	邕	容	於	壹
篇目	續證	例證	例證	續證	續證	略證	說蟠	釋翟	釋驃	釋誚	續證	續證	例證	例證	續證	釋坻	釋坻	略證	略證	例證	續證

「一聲多義」問題：

表 12　楊樹達「一聲多義」問題簡表

聲類	於		叚		氐		兼	
意義	下	塞	紅	大	低下	留止	小	不足
篇目	例證	例證	略證	釋雌雄	釋	釋坻	釋謙	釋謙

（表中「例證」、「續證」和「略證」分別指《論叢・字義同緣於語源同例證》、《述林・字義同緣於語源同續證》和《論叢・形聲字聲中有義略證》，下表同此。）

（二）因聲求義（探源為訓）

　　楊氏在其《訓詁學講義》（目錄）中有「訓釋語五類」，其首條便是「探源為訓」，雲：「凡語必有根源，根源為何，即語言受聲之故是也。假定造字時由甲而生乙，則乙字受聲於甲，今欲明乙字之義，但舉甲字為訓而其義已明，此所謂探源為訓也。」可見「探源為訓」就是「因聲求義」，即其在《論叢・自序》中所雲「蓋予循聲類以探語源，因語源而得條貫，其徑程如此」。

　　楊氏認為文字探源須音義兼顧，即「聲近義通」，如他在《論叢・釋》中批評章氏太炎：「章氏《文始》謂得義於鹵，按鹵模唐二部陰陽對轉，音理固為可通，惟鹵鹹第為五味之一，不含雜義，似不如謂受義於羹較為吻合矣。」表現在文字訓詁上，楊氏則「以聲統義」，雲：「夫義既生於聲，則以聲為統紀，豈惟《爾雅》《說文》《方言》《廣韻》當為所貫穿哉！舉凡《經籍纂詁》之所纂，《小學鉤沈》之所鉤，凡一切訓詁之書，將無不網羅而包舉之矣。」（《論叢・形聲字聲中有義略證》）再看下表所列：

表 13　《論叢・說少》

同義字	杪	秒	眇	筲		刀	軺	沼	昭	鮡	珧		駣	鞉	窕	盜
意義	細枝	禾芒	目小	小管	小鳥	小船	小車	小池	小明	小魚	小蜃	小羊	小馬	小鼓	輕小	小人
聲類	少					刀	召			兆						盜
語源	少聲及音近之字刀、召、兆、盜含小義															

表 14　《論叢・釋聽》

同義字	聽	忻	䜣	欣		齦	狠	狠	聲義關係：斤聲有開義，斤、艮古音同
聲符	斤	斤	斤	斤	斤	艮	艮	艮	
意義	笑貌(口開)	心開(開心)	喜(口開)	笑喜(口開)	犬吠(張口)	齧(張口)	犬鬥(鬥時張口吠)	齧(張口)	

　　由上表可以看出，楊氏不僅因聲求義，而且不限形體。《述林》卷一中就有 45 篇專門訓釋形聲字語源的文章，楊氏將其分為三類：「一為用同音之字或音近之字為語源者，二為同一聲類之孳乳為語源者，三為聲旁即語源者。」如下表：

表 15　楊樹達《述林》卷一文章分類

《述林》卷一								
音同音近字為語源(18篇)			同聲類字孳乳為語源(7篇)			聲旁即語源(20篇)		
篇目	文字	語源	篇目	文字	語源	篇目	文字	語源
釋		迆	釋謞	謞		釋		亞
釋斷	斷	根	釋坻	坻	底	釋許	許	午(杵)
釋疫	疫	易	釋欚	欚	曆	釋琰	琰	炎
釋呭	呭	自	釋鏑	鏑	束	釋裕	裕	縠

《述林》卷一								
音同音近字為語源(18篇)			同聲類字孳乳為語源(7篇)			聲旁即語源(20篇)		
篇目	文字	語源	篇目	文字	語源	篇目	文字	語源
釋桎枊梏	桎	橐	釋		撞	釋逇	逇	豚
釋脽尻	脽		釋跟	跟	根	釋紳	紳	申
釋纇肫頯		九	衢	衢	瞿	釋嗌	嗌	益
釋姊	姊	次				釋弦	弦	玄
釋伯	伯	霸				釋又	右	又
釋旱	旱	幹				釋證	證	正
釋膞	膞	斷				釋蟧蝀	蝀	東
釋麝	麝	兒				釋虹	虹	工
釋識	識	戠				釋栽	栽	
釋謙	謙	兼				釋誣	誣	巫
釋簠	簠	甫				釋蓄	蓄	畜
釋稻	稻					釋養	養	羊
釋韢	韢	末				釋		也
釋梓	梓	子				釋乙	吃	乙
						釋律	律	聿
						再釋介	界	介

第二節　形聲字的利用

一　形符的利用

　　明形符通借，證字之初義。楊氏認為造字時形符有通借，包括形

符因音近通借、因形近通借和因義近通借。[2]楊氏通過闡明形符通借，說明文字的構造之義。

（一）音近借其義

1 會意字形旁的假借

《一篇下‧艸部》雲：「若，擇菜也，從艸右。右，手也。」按右為手口相助，不得訓手，而許雲右手者，字借右為又也。……又與右音同，故借右為又耳。（《述林‧造字時有通借證》）

《二篇上‧口部》雲：「鹹，皆也，悉也，從口，從戌，悉也。」按咸為會意字，然從口從戌，會意之旨不明，故許君又雲戌悉以明之。此非訓戌為悉，謂假戌為悉也。（《述林‧造字時有通借證》）

《八篇上‧部》雲：「，善也，從人士。士，事也。」按人士義無可會，故許君複雲士事以明之，謂字從士，實假士為事也。（《述林‧造字時有通借證》）

《十四篇下‧寧部》雲：「，也。所以載盛米。從寧從畱。畱，缶也。寧亦聲。」按畱為䢉之或體，䢉訓不耕田，無缶之義而許雲畱缶者，明畱假為凷也。（《述林‧造字時有通借證》）

《三篇下‧攴部》雲：「徹，從彳，從攴，從育。」今按字從彳攴育，意無可會，與通義亦不相比附。……育字從肉聲，肉育古音同，故借育為肉也。（《述林‧造字時有通借證》）

《十篇上‧部》雲：「獄，確也，從，從言。二犬，所以守

2　形義互借和聲音無關，此處連類及之。

也。」按二犬守言，義不可通，言實之借字也。字訓皋，皋古罪字，謂罪人也。(《述林・造字時有通借證》)

《十篇下・大部》雲：「，瞋大也，從大，此聲。」按字音讀火戒切，此聲之說不合，蓋從大從此，非從此聲也。字從此者，假此為眥。(《述林・造字時有通借證》)

《十二篇下・我部》雲：「義，己之威儀也，從我羊。」按字從我，故訓己，羊與威儀不相涉，而字從羊者，羊為像之借字也。(《述林・造字時有通借證》)

《十四篇上・部》雲：「官，吏事君也，從宀，猶眾也，此與師同意。」按訓小阜，無眾意，而師字《說文》雲四帀眾意，通訓亦釋師為眾。官字從，即假為師也。(《述林・造字時有通借證》)

《十四篇上・去部》雲：「育，養子使作善也。」或作毓，雲：育或從每。按甲文此字作女子產子之形，字或從女，或從每。然每字無義，乃借為母也。(《述林・造字時有通借證》)

2 形聲字形旁的假借

《五篇上・韋部》雲：「，井垣也，從韋，取其帀也，軓聲。」按韋字無帀義，而許雲從韋取其帀者，段氏雲：「說韋同囗」是也。……韋字從囗聲，二音相同，故借韋為囗耳。(《述林・造字時有通借證》)

(二) 形近借其義

1 會意字形符的假借

《說文・十篇下・矢部》雲：「吳，大言也，從矢口。」……

愚謂矢字從大而傾其頭，故制字者即假矢為大，與頃矢之義不相涉也。徐段皆以矢口為說，不知古人造字時有假借也。吳重文作，字從口大，金文《攻吳王夫差監》吳字作，字亦從大，此皆可為吾說之證者也。（《述林・釋吳》）

《十二篇上・戶部》：「戽，始開也，從戶聿。」……餘謂聿字從又，戽字從聿，即以聿為又也。（《述林・造字時有通借證》）

2 形聲字形符的假借

《十四篇下・厷部》云：「育，養子使作善也，從厷，肉聲。」按厷下訓不順出，無子字之義，此育下云養子者，厷從倒子，即以厷為子也。（《述林・造字時有通借證》）

（三）義近借其形

《十篇上・鹿部》云：「麙，山羊而大者，細角，從鹿，鹹聲。」「麜，大羊而細角，從鹿，需聲。」夫鹿與羊非同類也，義為羊而字從鹿者，鹿羊同為四足之獸耳，此以二字義近而假用者也。（《述林・釋吳》）

二　聲符的利用

（一）利用聲符含義，釋字義，探語源

聲符含義和形符含義不同，形符顯示的是形聲字所表概念的上位意義，具有顯性的特徵；而聲符顯示所承源詞的語源義，是詞的「內部形式」，是一種隱性的語義「遺傳基因」，即所謂「聲符示源」：「具

有示源功能的聲符，其語音也必然與形聲字的語音相同或相近。因此，示音功能只是示源功能造成的一種客觀結果，是示源功能派生出的附帶功能。」[3]

1 某聲之字具有某義

（1）某聲字多含某義

免聲之字多含低下之義。（《論叢・釋晚》）

叚聲字多含大義。（《論叢・釋雌雄》）

古聲字多訓曲，故曲齒謂之，曲角謂之觠，……曲手謂之拳，曲頸顧視謂之睠。（《論叢・釋經》）

《說文》四篇上隹部雲：「雌，鳥母也。從隹，此聲。」今按此聲字多含小義。（《論叢・釋雌雄》）

《隹部》又雲：「雄，鳥父也。從隹，厷聲。」按厷聲字多含大義。（《論叢・釋雌雄》）

燕聲、晏聲字多含白義。（《論叢・形聲字聲中有義略證》）

赤聲、者聲、朱聲、叚聲字多含赤義。（《論叢・形聲字聲中有義略證》）

開聲字多含並列之義。（《論叢・形聲字聲中有義略證》）

聲、崔聲字多含曲義。（《論叢・形聲字聲中有義略證》）

重聲、竹聲、農聲字多含厚義。（《論叢・形聲字聲中有義略證》）

《釋畜》又雲：「羊牡，羒。」按分聲字亦多含大義。（《論叢・釋雌雄》）《爾雅・釋獸》雲：「麜牡，麌。」按麌從吳聲，吳聲字亦多含大義。（《論叢・釋雌雄》）

3　李國英：《小篆形聲字研究》（北京市：北京師範大學出版社，1996年），頁62。

《說文・五篇上・皿部》云：「盂，飲器也。從皿，於聲。」
按於聲字多含汙下之義。（《論叢・字義同緣於語源同例證》）
聲字多含聚集之義。（同上）
於聲字多含壅塞之義。（同上）
暴聲字多突起之義。（同上）
交聲字多含直立之義。（同上）
幹聲字亦多含直立之義。（同上）
聲字有乾燥之義。（同上）
我聲字多含傾斜之義。（同上）
眇聲之字亦多含小義。（同上）
去聲字多有開義。（同上）
叕聲字含有止義。（同上）
幾聲字多含微小之義。（《述林・字義同緣於語源同續證》）
今按刀聲字多含礙止之義。（同上）
九聲字多含高義。（同上）
凡從居聲之字多含直義。（同上）會聲之字多含會合之義。
（《論叢・說雲》）
發聲字多含根本之義。（《論叢・說髮》）毛聲之字多含選擇之
義。（《論叢・說覒》）
與會古音近，故聲之字亦多含會合之義。（《論叢・說雲》）
按也聲字多有邪義，以弛或作，虒聲字與也聲字多相通例之，
之從虒，猶之從也也，故訓為角傾矣。（《述林・釋》）
古次聲字多含次比之義。（《論叢・釋姊》）
兼聲之字多含薄小不足之義。（《述林・釋謙》）
京聲字蓋有雜義。（《論叢・釋》）
尋乙有難出之義，故乙聲之字多受此義焉。（《述林・釋乙》）

尋去聲字多含開張之義。(《述林・釋凵》) 按屵聲字多含圓義。(《述林・釋篙》)

《說文》專從叀聲，袁從叀省聲，景從袁聲，故景聲之字多具圓義。(《述林・釋篙》)

按敫聲之字亦多含絕特之義。(《述林・釋駿》)

《說文・七篇下・白部》雲：「，鳥之白也，從白，崔聲。」按崔聲字多含白義。(《述林・釋》)

按票聲字多含白義。(《述林・釋驃》)

尋高聲字多具大義。……高大義類同，故高得為大，此猶京為絕高丘有大義也。(《述林・造字時有通借證》)

啟為以手開戶而訓為開，故啟聲之字多具開義。(《述林・釋啟啟》)

鐘形狹而長，甬字象之，故凡甬聲之字，其物多具狹長之狀。(《述林・釋甬》)

堇聲之字多含寡少之義。(《論叢・釋謹》)

瞿聲字有分張旁出之義。(《述林・釋衢》)

從錄聲之字多含謹善之義。(《鹽鐵論要釋・未通第十五》)

（2）某聲及同音之字多含某義

焦聲及同音之字多含小義。(《論叢・字義同緣於語源同例證》)

互聲及音近之字多含止義。(《論叢・字義同緣於語源同例證》)

大抵茲聲音近之字，義訓多為黑。(《論叢・釋淬》)

《廣雅・釋獸》雲：「，豕牝也。」按取聲聚聲及音近之字多含小義。(《論叢・釋雌雄》)

按番聲及音近之字多含白義。(《論叢‧說皤》)

按識從戠聲，戠聲與其同音之字多含黏著之義。(《述林‧釋識》)

專與耑古音同，二字同端母寒韻，故專聲字亦多含圓義。(《述林‧釋篅》)

字之具狹長義者，不惟甬聲之字為然也，同聲之字亦然，同與甬古音近也。(《述林‧釋甬》)

蓋為小阜，隹與古音同，故隹聲之字多含小義。(《述林‧字義同緣於語源同續證》)

與次古音同，故聲字亦含有次比之義者。(《論叢‧釋姊》)

呂聲、旅聲、盧聲字多含連立之義。(《論叢‧形聲字聲中有義略證》)

邕聲、容聲、庸聲字多含蔽塞之義。(《論叢‧形聲字聲中有義略證》)

古聲字多訓曲，……萑同音，故萑聲字亦多訓曲。(《論叢‧釋經》)

(3) 某聲孳乳字多含某義

比聲孳乳字多含次比之義。(《論叢‧字義同緣於語源同例證》)

聲孳乳之字多訓直。(《論叢‧釋經》)

(4) 某聲之字皆含某義

從夋聲之字皆含絕特之義。(《述林‧釋駿》)《卩部》又雲：「卷，厀曲也，從卩，聲。」凡聲字皆含曲義。(《述林‧釋卩》)

少聲之字皆含小義。（《論叢・說少》）

聲、廷聲之字皆含直義。（《述林・字義同緣於語源同續證》）

按屯聲字庬訓樓牆，軘訓兵車，皆含高義。（同上）

尞聲之字皆具穿通有孔之義。（同上）

雲文象回轉，故雲聲之字皆有轉義。（同上）

凡勹聲字皆有包裹在外之義。（同上）

贊聲字皆含叢聚之義。（同上）

2 字從某聲，遂具某義

（1）聲符字本義顯示語源義

《說文・五篇下・曾部》：「曾，益也。」贈從曾聲，故有增益之義。……曾有益義，故從曾聲之字多含加益之義，不惟贈字為然也。（《論叢・釋贈》）

《說文・十三篇下・力部》：「加，語相增加也。」加訓增加，賀從加聲，亦有增加義矣。（《論叢・釋贈》）

旃從丹聲，蓋即以聲為義也。……旃之制以大赤，故字從丹聲，名曰旃矣。（《論叢・釋旃》）

《二篇下・品部》侖下雲：「侖，理也。」論從言從侖，謂言之剖析事理者也。（《論叢・釋說》）

程之為言呈也，《說文》雲：「呈，平也。」（《論叢・字義同緣於語源同例證》）

玄者，黑也。盧童子色黑，故既名曰盧，又名曰（目縣）矣。（《論叢・釋（目縣）瞳》）

喜之為義與火有關……然則喜聲有火義，故熟食謂之饎也。（《論叢・形聲字聲中有義略證》）

有高起之形，殿從聲，故亦有高義。（《述林・字義同緣於語源同續證》）

（沚），止者，水之所止也。（《述林・字義同緣於語源同續證》）按少字從小，故有小義。（《論叢・說少》）

《說文・十篇上・馬部》：「馬，怒也。」……《七篇下・網部》雲：「罵，詈也。從網，馬聲。」按罵源於怒，此以怒義孳乳者也。（《論叢・說馬》）

《說文・一篇上・丨部》雲：「丨，下上通也。引而上行讀若囟，引而下讀若退。」按此字為囟退二字之初文，其以引而上行讀若囟孳乳者皆有上義，以引而下行讀若退孳乳者皆有下義。（《論叢・說丨》）

罙字從穴，從火，從求省。人執火於穴中有所求，即今言探求之探之初文。深從罙得聲，宜有動字義。（《論叢・說測》）

《韓非子・解老篇》曰：「多費謂之侈。」此以多訓侈也。《賈子新書・道術篇》曰：「廣較自斂謂之儉，反儉為侈。」此以斂釋儉也。（《述林・釋梓》）

坻從氏，義為底止，從者義為留止也。（《述林・釋坻》）餘謂鏑從啻聲，啻從帝聲，而帝從束得聲，鏑則受義於束也。（《述林・釋鏑》）

《說文・三篇上・言部》雲：「證，諫也，從言，正聲。」……諫諍之言謂之正言，此證字從言從正訓為諫之義也。（《述林・釋證》）

禱從示壽聲，蓋謂求延年之福於神。（《論叢・釋禱》）

《說文・十篇上・火部》雲：「烖，天火曰烖，從火，聲。」或作災，從宀火，會意。古文作，從火，從才聲。籀文作灾，聲。按烖災二文並從聲得義。《十二篇下・戈部》雲：「，傷

也，從戈，才聲。」《十一篇下・川部》雲：「，害也，從一雝川。」（《述林・釋烖》）

再訓並舉，偁從再聲，故有舉義矣。（《述林・釋》）以竹管束毫書事謂之聿，以竹管候氣定聲謂之律，律從聿聲，實兼受聿字之義也。（《述林・釋律》）

許君一再言麗廔，而廔從婁聲，《說文》婁訓空。……惟麗為之假字，則為孔而廔為空，麗廔同義，故以為連文。（《述林・釋》）

按養從羊聲者，吾先民之食物，以羊為主要之品，此不必廣求之於傳記也，即文字之構造大可見之。……蓋用羊供養，故依羊字之音造養字，此固最自然之孳乳法也。（《述林・釋養》）

《五篇上・旨部》雲：「旨，美也，從甘，匕聲。」按匕聲有義，旨從甘匕，猶甚旨從甘匹也。（《述林・釋匕》）

（亙）實則當訓回水，即今語之漩渦也……《說文・十三篇下・土部》雲：「垣，牆也，從土，亙聲。」按垣牆之用，舟回宮室，此取回環為義也。（《述林・釋亙》）

（柄）或作棅。……秉有把持之義，柯柄可把持，故字從秉，受秉字之義。（《述林・造字時有通借證》）

按《八篇上・屍部》雲：「尼，從後近之也。」日近之字昵從尼，取尼為義也。（《述林・造字時有通借證》）

《爾雅・釋鳥》雲：「鷚，天鸙。」郭注雲：「大如鷃雀，色似鶉，好高飛作聲，今江東名之天鷚。」《說文・四篇上・羽部》雲：「翏，高飛也。」是鳥性好高飛，故名鷚矣。（《論叢・爾雅鷚天鸙解》）

尋亞即今醜惡之惡字。從言從亞者，謂言人之醜惡，故其義為相毀也。（《述林・釋》）誹從言從非，謂言人之非也。（《述

林・釋》)

詆從氐聲者，《說文・七篇上・日部・昏下》雲：「氐者，下也。」……按氐即今之低字，詆從言從氐，謂言者低下視之。（《述林・釋》)

（2）聲符字引伸義顯示語源義

《食部》又雲：「饐，飯傷溼也，從食，壹聲。」按壹字從壺，有閉塞之義。（《述林・字義同緣於語源同續證》)

《說文・二篇下・辵部》雲：「遯，逃也，從辵，豚聲。」按豚聲有義，以豚善逃也。（《述林・釋遯》)

《說文・八篇上・衣部》雲：「裕，衣物饒也，從衣，谷聲。」按字從谷而訓為饒者，谷之為物，空廣能容，容字從谷，即其義也。（《述林・釋裕》)

故弦張於弓則急，故弦引申有急義。知者：《說文・二篇上・走部》雲：「　，急走也，從走，弦聲。」按字從走從弦，而訓急走，明弦有急義也。（《述林・釋弦》)

堇有少義。……謹從言堇聲者，蓋謂寡言也。（《論叢・釋謹》)

《孟子・滕文公上篇》雲：「草尚之風，必偃。」趙注雲：「尚，加也。」尚訓加，賞從尚聲，亦有加義矣。（《論叢・釋贈》)

皮有加義，皺從皮聲，亦有加義，故《廣雅・釋詁》訓皺為益也。（《論叢・釋贈》)

旝之從會，所以會合士眾也。……　之從要，所以要約士眾也。（《論叢・釋旂》)

《說文・九篇上・頁部》雲：「頰，面旁也。從頁，夾聲。」

按《說文》十篇下大部雲：「夾，持也。從大俠二人。」大俠二人，左右各義，故有在左右與在旁之義。《說文・三篇上・言部》雲：「諛，諂也。從言，臾聲。」按臾有下義。（《論叢・字義同緣於語源同例證》）

《言部》又雲：「諂，諛也。從言，閻聲。」或從臽作讇。按臽有低下之義。（《論叢・字義同緣於語源同例證》）

胥、疏同從疋聲，凡物通者智而閉者愚，故胥、壻、皆有知義也。（《述林・字義同緣於語源同續證》）

囪為通孔，故物之中空可通者皆受聲義於囪。（《述林・字義同緣於語源同續證》）

字《說文》不載，然其字從出聲，謂其高出於顏面也。（《述林・字義同緣於語源同續證》）

《八部》又雲：「尚，曾也，戍幾也。從八，向聲。」按向聲有義。《七篇下・宀部》雲：「向，北出牖也。」尚字從向從八，謂七分散於牖外也。（《論叢・字義同源於語源同續證》）

禬字從會聲，許以會福祭為訓，是聲兼義也。考會聲之字多含會合之義。（《論叢・說雲》）

測又得為名字義者，測從則聲，則有準則法則之義。（《論叢・說測》）

瞿從聲，聲字亦有分張之義。（《述林・釋衢》）

火光下博而上銳，有如正三角形，故龜甲文火字作，肖火燄之形也。琰圭剡半以上，剡處為三角形，形似火光，故賦名曰琰也。（《述林・釋琰》）

《說文・二篇下・辵部》雲：「遯，逃也，從辵，豚聲。」按豚為小豕，性善逃。（《述林・釋遯》）

《說文・十三篇上・糸部》雲：「紳，大帶也，從糸，申

聲。」按申聲有義。……鄭注雲:「紳,大帶,所以自申約。」按鄭君以申釋紳,明紳之語源,其說是也。……紳之言申,猶帶之稱束也。(《述林‧釋紳》)

鐱字所以從氣者,所謂士氣也。蓋戰以士氣為要,而次要則用兵。(《論叢‧釋鐱》)

《說文‧三篇上‧言部》雲:「誣,加也,從言,巫聲。」……字從巫者……蓋巫之為術,假託鬼神,妄言禍福,故誣字從巫從言,訓為加言,引申其義則為欺,為誣罔不信也。(《述林‧釋誣》)

《說文‧一篇下‧艸部》雲:「蓄,積也,從艸,畜聲。」按畜聲有義。……大抵古人財務,自圭璧布帛而外,以牲畜為大宗。(《述林‧釋蓄》)

《七篇上‧鼎部》雲:「,以木橫貫鼎耳而舉之,從鼎,冂聲。」按戶扃之形橫,故橫貫鼎耳之鼎於冂受其聲義。(《述林‧釋冂》)

壹皆謂抑鬱閉塞也。……餘今更取從壹得聲之噎饐曀四字證明壹之初義焉。(《述林‧釋壹》)

訓教之啟,許解為從攴啟聲,愚謂當解為從口啟聲。蓋教者必以言,故字從口,教者發人之蒙,開人之智,與啟戶事相類,故字從啟聲,兼受啟字義也。(《述林‧釋啟啟》)

遯從豚者,豚性喜放逸,《孟子》雲:「如追放豚,」通言「狼奔豕突,」是也。有逃亡乃有追逐,故逐字從辵從豕。此知遯字受義於豚。(《述林‧造字時有通借證》)

薰從熏聲,即受義於熏。《一篇下‧艸部》雲:「熏,火煙上出也。」香艸臭氣上升,與火煙之上出者事類相同,故薰字從熏。(《述林‧造字時有通借證》)

璋射邪出而以射名，則射字固有邪義。謝字從射聲，亦宜有邪義矣。（《論叢・莊子謝施說》）

（3）聲符字假借義顯示語源義

A：音近借其義

《說文・十篇上・心部》雲：「慈，愛子也，從心，茲聲。」……然茲訓草木多益，與愛子之義絕不相關，而慈徒訓茲聲者，以茲與子古音相同故也。（《論叢・釋慈》）

古京與羹同音，從京猶從羹也。（《論叢・釋》）

謚與益義不相關，從益聲實假益為易。（《論叢・釋贈》）

賜從易聲，易假為益，則賜字有益義又明矣。（《論叢・釋贈》）

「放」從「方」聲者，《說文》「旁」亦從「方」聲，實假「方」為「旁」耳。蓋古「方」「旁」音同，故二字多通用。（《論叢・釋放》）

（喝）從曷聲者，曷之為言害也。（《論叢・釋喝》）

（淬）文從宰聲者，宰之為言茲也。（《論叢・釋淬》）

（鑣），從氣聲者，……段氏注謂氣為氣之假字，是也。……觀於鑣字，造字時已以音同而通假矣。（《論叢・釋鑣》）

《說文・三篇上・言部》：「說，說釋也。從言兒。一曰談說。」愚按談說乃造文之始義，許以說釋為正義，殆非也。蓋兒者銳也。（《論叢・釋說》）

然以字形精求之，則斷蓋受義於根，非自忻聽來也。……斷文從齒從斤，斤艮同音，謂齒之根也。（《論叢・釋聽》）

圂訓廁而文從豕，乃假豕為，猶經傳之假矢為也。（《論叢・釋圂》）

械為穢惡之器，而字從戌，於義無取，以聲音求之，械蓋受義
于豕，蓋豕械二文為對轉也。（《論叢・釋園》）

《說文》三篇下革部雲：「，擊牛脛也。從革，見聲。」按系
之以革，故文從革。所系者為牛脛，故文從見聲。尋見在寒
部，巠在青部，部居殊異，義為脛而文從見者，以雙聲通假故
爾。（《論叢・釋》）

《說文》三篇上言部，言從聲，部訓皐，則獄字所從之言，實
假為。從二犬從言，謂以二犬守罪人爾。（《論叢・釋獄》）

《說文》六篇下貝部雲：「販，買賤賣貴也。從貝，反
聲。」……愚謂反當讀如《漢書・雋不疑傳》有所平反之反，
蓋反之言翻，翻覆變易之謂也。（《論叢・釋販》）

蓋《詩》以言志為古人通義，故造文者之制字也，即以言志為
文。其以㞢為志，或以寺為志，音同假借耳。（《論叢・釋
詩》）

從見聲，見實假為脛。（《論叢・釋脛》）

蓋氣本義為雲氣，引申為氣血之氣，然後世用字皆以氣為氣，
觀於鎎字，則造字時已以音同而通假矣。（《論叢・釋鎎》）

韔之為言藏也，所以藏弓也。……丬可假為長，知長可假為藏
矣。（《論叢・釋韔》）

《說文》四篇下角部雲：「，角長兒。從角，丬聲。」按訓角
長，字從丬聲，蓋假丬為長。（《論叢・釋觻》）

（（目縣）），愚謂縣之言玄也。古者縣玄同音，故互相訓
釋。……二字音近，故得相通假。（《論叢・釋（目縣）瞔》）

《目部》又雲：「瞔，目童子精也。從目，喜聲。」喜聲前儒
皆不言其義。今按喜之為言黑也。古音喜在咍部，黑在德部，
二部為平入，故古多通用。（《論叢・釋（目縣）瞔》）

（牖）字又從戶甫聲者，甫之為言旁也。古音甫在模部，旁在唐部，二部對轉。（《論叢・釋牖》）

《六篇上・木部》雲：「榦，築牆耑木也。從木，倝聲。」按楨榦者直立之木，榦從倝聲，倝訓日光倝倝，無直立之義，蓋倝實假為幹。（《論叢・字義同緣於語源同例證》）

《爾雅釋詁》雲：「楨，榦也。」……樹達按貞聲字所以有直立之義者，貞與巠古音同，貞假為巠故也。（《論叢・字義同緣於語源同例證》）

脛從巠聲，巠從聲，聲巠聲多含直立之義。（《論叢・字義同緣於語源同例證》）

《口部》又雲：「噱，大笑也。從口，豦聲。」按豦聲去聲古多通假。（《論叢・字義同緣於語源同例證》）

《網部》又雲：「罝，兔網也。從網，且聲。」按且之為言阻也。（《論叢・字義同緣於語源同例證》）

堉、從胥聲得訓為知者，胥之為言疏也。（《述林・字義同緣於語源同續證》）

《言部》又雲：「謗，毀也。從言，旁聲。」按旁之為言薄也。（《述林・字義同緣於語源同續證》）

愚謂桎從至聲，至之為言霩也，至、霩古音同。（《述林・字義同緣於語源同續證》）

艸部雲：「茦，菱也，從艸，支聲。」樹達按支之言枝也，言角突出如樹枝也。（《述林・字義同緣於語源同續證》）

按呬訓息而字從四者，四之為言自也。……按泗為鼻涕字，從水四，亦假四為自，謂液之從鼻出者也。（《述林・釋呬》）

故隹聲字多含高義，蓋皆假隹為也。（《述林・釋雕尻》）

堂從尚聲，尚與上音同，上者高也，故堂為室之高者。（《述林・釋雕尻》）

今謂伯之為言霸也，伯從白聲，猶從霸也。(《述林‧釋伯》)

旱從幹者，幹與乾古音同，天久陽不雨，則氣枯燥而不潤，故為乾而字從幹也。(《述林‧釋旱》)

《說文‧四篇下‧肉部》雲：「膞，切肉也，從肉，專聲。」按膞從專聲，訓切肉者，專假為斷也。(《述林‧釋膞》)

弭字從耳聲，耳與兒同聲，從弭猶從兒也。(《述林‧釋麛》)

按鯢從而聲，而訓為魚子者，從而猶從兒也。……欄亦受義于兒，謂柱之小者也。(《述林‧釋麛》)

兼訓併，無薄少不足之義，而兼聲字多具少薄之義者，……欠兼音近，餘疑歉為欠之加聲旁字，其他從兼聲而有薄少不足之義者，兼皆欠之假，並受義於欠也。(《述林‧釋謙》)

《釋名‧釋衣服》：「韤，末也，在腳末也。」余按劉成國以末明韤之語源，是也。……末、蔑古音同，足謂之末，故衣足之韤謂之韤，非謂腳末也。……而韤、韤之從蔑乃假音字也。(《述林‧釋韤》)

按謵從胥聲而訓為知者，胥之為言也。……按壻從胥聲，胥亦言，謂士之疏通有才知者也。(《述林‧釋謵》)

按聰從悤聲而訓為察者，悤之為言囱也。……按憁為今之短褲，字從悤者，悤假為囱，言其中空可容足，人囱之中空受聲於囱。(《述林‧釋謵》)

按肖字從小聲，誚從肖聲，假肖為小也。《口部》雲：「哨，不容也，從口，肖聲。」按不容謂口小不能容受，此亦假肖為小也。(《述林‧釋》)

《言部》又雲：「謗，毀也，從言旁聲。」按義為毀而字從旁聲，似無義可說，細意求之，旁蓋薄字之假借也。(《述林‧釋》)

《走部》又雲：「遁，逃也。」按遯與遁聲義並同，遁字從盾者，盾與豚古音同也。《四篇下・肉部》雲：「腯，牛羊曰肥。豕曰腯，從肉，盾聲。」按字從盾而義屬於豕，亦假盾為豚也。（《述林・釋遯》）

遂義為亡而字從聲，假為豕也。（《述林・釋遯》）

尋搤從手從益，假益為嗌，謂以手捉人之咽喉。（《述林・釋嗌》）

《五篇上・竹部》雲：「籭，竹器也，可以取塵去細，從竹，麗聲。」此即今篩字。《十四篇下・酉部》雲：「釃，下酒也，從酉，麗聲。一曰：醇也。」按此二文皆從麗聲，以麗字本義求之，皆不可通，知其亦假麗為。（《述林・釋》）

《三篇上・言部》雲：「，今作話會合善言也，從言，聲。」或作譮……字又作從者，會音近，古音同在月部，借為會也。（《述林・造字時有通借證》）

《四篇下・肉部》雲：「胑，體四胑也，從肉，從只。」或作肢。……若胑之從只，第以只與枝音同，借其字書之耳。（同上）《六篇上・木部》雲：「柄，柯也，從木，丙聲。」或作棅。……秉有把持之義，柯柄可把持，故字從秉，受秉字之義。柄之從丙，則以與秉同音借其音耳。（同上）

《七篇上・日部》雲：「暱，日近也，從日，匿聲。」或從尼作昵。按《八篇上・屍部》雲：「尼，從後近之也。」日近之字昵從尼，取尼為義也。暱字從匿，則第以匿與尼音近通借耳。（同上）

《十篇上・鹿部》雲：「麠，大鹿也。牛尾，一角。從鹿，畺聲。」或作麖。按麖字從京，京訓人所為絕高丘，高大義近，故京有大義。麖為大鹿，實受義於京。若麠之從畺，畺為田

界，不含大義，第以與京同音借書耳。（同上）

《十一篇下・魚部》雲：「，海大魚也。從魚，畺聲。」或作鯨。按鯨為大魚，亦受義於京，畺但為京之音借字。（同上）

《一篇下・艸部》雲：「葷，臭菜也，從艸，軍聲。」又雲：「薰，香艸也，從艸，熏聲。」按臭菜謂有氣味之菜，非謂惡臭也。香艸之薰，亦謂有臭味之艸，二字蓋本一文。……若薰字從軍聲，則第以軍熏音近，假軍謂熏耳。（同上）

《四篇下・肉部》雲：「腯，牛羊曰肥，豕曰腯。」腯從盾者，亦豚之借。（同上）

《二篇上・牛部》雲：「犗，騬牛也，從牛，害聲。」按此謂牡牛割勢使不能生殖者，字從害聲，害蓋假為割，謂於體中有所割去也。割從害聲，害割古音同，故假害為割矣。（同上）

《二篇上・口部》雲：「哨，不容也，從口，肖聲。」按《禮記・投壺》雲：「枉矢哨壺，」此謙虛言矢不直，壺不大也，不大故許說不容。字從肖聲者，肖字從小聲，借肖為小也。（同上）

《二篇上・齒部》雲：「齗，齒本肉也，從齒，斤聲。」按斤訓斫木斧，無本字義，齗字從斤部而訓本者，借斤為根也。（同上）

《三篇上・言部》雲：「詩，志也，從言，寺聲。」古文從古文言，從㞢聲。……志字從心㞢聲，詩字從寺，寺亦從㞢得聲，古文詩字則逕從㞢，寺㞢皆志之假也。（同上）

又雲：「謗，毀也，從言，旁聲。」按譏毀人之字大抵有義可求。……獨謗字從旁聲，似無義可求，細思之，旁蓋借為薄也。……言其人而薄之，古為謗矣。（同上）

又雲：「讒，譖也，從言，毚聲。」按毚訓狡兔，與讒譖義不

相符，而讒字從毚聲者，借毚為鑱劖也。（同上）

又雲：「譖，愬也，從言，朁聲。」按《五篇上・曰部》朁訓會，與譖愬義不相符，此實借朁為旡也。（同上）

《三篇下・革部》雲：「靬，乾革也，從革，幹聲。」按義為乾革而字從幹者，明借幹為乾也。（同上）

《四篇上・羊部》雲：「羯，羊羖犗也。從羊，曷聲。」按謂牡羊割去睾丸使不能生育者，字從曷聲，假曷為割也。（同上）

《四篇下・肉部》雲：「膞，切肉也，從肉，專聲。」按專聲字無割切之義，而膞字從專訓切肉者，專與斷音同，借專為斷也。（同上）

又《刀部》雲：「劓，刑鼻也，從刀，臬聲。」或作劓。按字訓刑鼻而以臬為聲者，臬從自聲，古音臬自同，借臬為自也。（同上）

又《角部》雲：「觤，角傾也，從角，虒聲。」按《二篇下・辵部》雲：「迤，邪行也。」傾邪義近，觤之從虒，蓋借為迤也。（同上）

《九篇下・廣部》雲：「厔，礙止也，從廣，至聲。」厔從至聲而訓為礙至，亦借至為臸也。（同上）

旐之從兆，借為召字耳。（同上）

《七篇上・鼎部》雲：「鼒，鼎之圓掩上者，從鼎，才聲。」……然則從才者殆假才為子也。（同上）

《七篇下・疒部》雲：「疫，民皆疾也。從疒，役省聲。」……余謂役與易古音同隸錫部，二字同音，從役實借為易也。（同上）

《七篇下・巾部》雲：「帬，繞領也，從巾，君聲。」按君字

無圍繞之義，此假君為軍也。（同上）

《九篇上・頁部》雲：「，大頭也，從頁，羔聲。」按羔訓羊子，與大字義正相反，從羔聲乃訓大者，假羔為高也。（同上）

《九篇上・髟部》雲：「鬄，髮也。從髟，易聲。」或作髢。按髮下雲：「益發也。」……髮訓益發，則鬄為益發可知。易益古音同，鬄從易，假易為益也。（同上）

又雲：「魟，大貝也，從魚，亢聲。讀若剛。」按亢訓人頸，無大義，魟從亢聲訓大貝者，亢與京古音同在唐部見母，假亢為京也。（同上）

《十二篇上・手部》雲：「掖，以手持人臂也，從手，夜聲。」按此假夜為亦也。亦者，人之臂亦也。（同上）

《十二篇下・女部》雲：「姊，女兄也，從女，聲。」……余謂姊者次也，與次古音同，故聲與次聲之字多通作。（同上）

《十三篇上・糸部》雲：「經，織從絲也，從糸，巠聲。」……經從巠聲者，巠借為頸。（同上）

又雲：「縊，經也，從糸，益聲。」按縊與經同義，字之組織亦同。字從益者，益借為嗌也。《十四篇上・金部》雲：「鏑，矢鋒也，從金，啻聲。」按啻聲義不可求，啻實借為束也，啻字從帝聲，帝字又從束聲，啻束古音無異，故以啻為束也。（同上）

愚謂「灑」之得名蓋受之「析」。……《易離》雲：「離者，麗也。」離有分離之義，《易》以麗訓離，則麗亦宜有分決之義。然《爾雅》《史》《漢》之灑釃，蓋以聲近假為斯。（《論叢・爾雅大瑟謂之灑解》）

姊受聲于次，猶兄弟之弟、女弟之娣受聲義于次弟之弟也。姊娣對文，猶次弟為連文矣。（《論叢・釋姊》）

簠，字從甫聲而義為方，此猶水旁為浦，面旁為，旁為溥，榜為輔弓弩也。（《述林・釋簠》）

餘謂稻之為言也……稻從舀聲，舀為定母幽部字，與古音同……稻之從舀，假之音為音，而因以取其義。（《述林・釋稻》）

轙受義於末，則從末之、秣、直表受名之義，而轙轙之從蔑乃假音字也。（《述林・釋轙》）

《說文》話或作譮，訓會合善言，受義於會也。柄或作棅，訓柯，受義於柄也。肤或作肢，訓體四肤，受義於樹枝也。此皆一字兩形，一明聲義，一為假音，梓、杍正其比類也。（《述林・釋梓》）

B：義近借其音

《十一篇下・雨部》雲：「需，也。遇雨不進，止也。從雨，而聲。」……《九篇下・而部》雲：「而，頰毛也。」《九篇上・須部》雲：「須，面毛也。」而須二字義近，故以須字之音為而字之音也。（《述林・造字時有通借證》）

《十三篇下・黽部》雲：「鼂，匽鼂也，讀若朝。從黽，從旦。」按黽非會意字，實以旦為聲，與朝讀音不合者，蓋旦與朝同義，借旦為朝而用其聲者。（同上）《三篇上・部》雲：「，耕也，從，囟聲。」今作農。按囟與農聲殊遠，吾友沈君兼士雲：「囟為頭會腦蓋，與腦義近。」腦近作腦，此即假囟為腦也。（同上）

C：義近借其形

《二篇上・牛部》雲：「牭，四歲牛，從牛，從四，四亦

聲。」或作，雲：「籀文牭從貳。」……然古人竟有此事者，
貳雖非四，然與四同為數字，其義類相近故也。此形聲字聲旁
通借者。（《述林・造字時有通借證》）

（二）利用聲符，說明語音關係

　　《論叢・古音對轉疏證》有「見於文字聲類者」條，通過形聲字
和所從聲符字所屬韻部的不同，說明韻部間的對轉關係。

1　微部和痕部對轉

　　微部讀音字從痕部聲類：

> 伊從尹聲：《說文・八篇上・人部》雲：「伊，殷聖人阿衡
> 也，尹治天下者。從人尹。」於脂切。按：尹亦聲。尹，痕
> 部；伊，讀入微部。祈從斤聲：《說文・一篇上・示部》雲：
> 「祈，求也。從示，斤聲。」渠稀切。按：斤，痕部；祈，讀
> 入微部。

　　痕部讀音字從微部聲類：

> 員從口聲：《說文・六篇上・員部》雲：「員，物數也。從貝，
> 口聲。」按：口，微部；員，古音與雲同，讀入痕部。
> 脪從希聲：《說文・四篇下・肉部》雲：「脪，創肉反出也。從
> 肉，希聲。」香近切。按：希，微部；脪，讀入痕部。

2　沒部和痕部對轉

　　沒部讀音字從痕部聲類：

腞從盾聲。《說文‧四篇下‧肉部》雲：「腞，牛羊曰肥。豕曰腞，從肉，盾聲。」他骨切。按：盾，痕部；腞，讀入沒部。

從圂聲。《說文‧十二篇上‧手部》雲：「，手推之也。從手圂聲。」戶骨切。按：圂，痕部；，讀入沒部。

痕部讀音字從沒部聲類：

奔從卉聲。《說文‧十篇下‧夭部》雲：「奔，走也。從夭，卉聲。與走同意，故從夭。」博昆切。按：卉，沒部；奔，讀入痕部。

吻從勿聲。《說文‧二篇上‧口部》雲：「吻，口邊也。從口，勿聲。」武粉切。按：勿，沒部；吻，讀入痕部。

3 歌部和寒部對轉

歌部讀音字從寒部聲類：

播從番聲。《說文‧十二篇上‧手部》雲：「播，種也。從手，番聲。一曰：布也。」補過切。按：番，寒部；播，讀入歌部。

鄱從番聲。《說文‧六篇下‧邑部》雲：「鄱，鄱陽豫章縣。從邑，番聲。」薄波切。按：番，寒部；鄱，讀入歌部。

寒部讀音字從歌部聲類：

祼從果聲。《說文‧一篇上‧示部》雲：「祼，灌祭也。從示，果聲。」古玩切。按：果，歌部；祼，讀入寒部。

從戈聲。《說文・三篇下・鬥部》雲：「，試力士錘也。從鬥從戈。或從戰省。讀若縣。」胡畎切。今按：字從戈聲。戈，歌部；，讀入寒部。

4　曷部和寒部對轉

曷部讀音字從寒部聲類：

揠從匽聲。《說文・十二篇上・手部》雲：「揠，拔也。從手，匽聲。」烏黠切。按：匽，寒部；揠，讀入曷部。

寒部讀音字從曷部聲類：

憲從害聲。《說文・十篇下・心部》雲：「憲，敏也。從心目，害省聲。」許建切。按：害，曷部；憲，讀入寒部。

5　支部和青部對轉

支部讀音字從青部聲類：

笄從幵聲。《說文・五篇上・竹部》雲：「笄，簪也。從竹，幵聲。」古兮切。按：笄，讀入支部。青部讀音字從支部聲類：鞞從卑聲。《說文・三篇下・革部》雲：「鞞，刀室也。從革，卑聲。」並頂切。按：卑，支部；鞞，讀入青部。

6　錫部和青部對轉

錫部讀音字從青部聲類：

幎從冥聲。《說文・七篇下・巾部》雲：「幎，幔也。從巾冥聲。《周禮》有幎人。」莫狄切。按：幎，讀入錫部。

青部讀音字從錫部聲類：

從易聲。《說文・五篇下・食部》雲：「，飴和饊者也。從食易聲。」徐盈切。按：易，錫部，，讀入青部。

除以上外，《論叢・古音對轉疏證》「見於文字聲類者」條利用文字聲符還說明了模部和唐部、鐸部和唐部、侯部和鐘部、屋部和鐘部、咍部和登部、德部和登部的對轉關係。

第三節　聲音的利用

聲音在訓詁中的運用有兩個方面：一是破假借，即用以解釋只有音近或音同關係而意義毫無聯繫的同音借用現象；二是聲訓，訓釋詞和被訓釋詞之間「聲近義通」，實際上就是用同源詞來解釋詞語的含義。下以「破假借」和「聲訓」兩端舉例說明楊氏訓詁對聲音的運用。

一　破假借

（一）破假借，疏語義

1 明本字，解文義

（1）「某假為某」、「假字」例

《詩・周頌・絲衣》雲：「載弁俅俅，」載假為戴。（《述林・

文字初義不屬初形屬後起字考》)

古我先王惟圖任舊人共政王播告之修不匿厥指樹達按：「指」
假為「恉」，《說文・心部》云：「恉，意也。」(《積微居讀書
記・尚書說》)

「稱其讎不為諂。(襄三年)」樹達按：「稱」假為「偁」，《說
文・人部》云：「偁，揚也。」(《積微居讀書記・讀左傳》)

按此灑字《史記・河渠書》作廝。《索隱》云：「廝，《漢書》
作灑。《史記》舊本亦作灑，字從水。韋昭云：疏決為
灑。」……然《爾雅》《史》《漢》之灑醯，蓋以聲近假為斯。
(《論叢・爾雅大瑟謂之灑解》)

《詩・召南・采蘩篇》一章云：「于以采蘩，于沼於沚；於以
用之？公侯之事。」……今按以假為台。《書・湯誓篇》云：
「夏罪其如台？」《史記・殷本紀》作「有罪其奈何」。又《高
宗肜日篇》云：「乃曰其如台？」《殷本紀》作「乃曰其奈
何」。又《西伯勘黎篇》云：「今王其如台？」《殷本紀》作
「今王其奈何」。此台訓為何之證也。(《論叢・詩於以采蘩
解》)

(《詩・齊風・東風之日》)一章云：「東方之月兮，彼姝者
子，在我闥兮。在我闥兮，履我發兮。」……發者，《說文》
發從癹聲，癹從癶聲，《詩》文乃假發為。從二止，《說文》訓足
剌，其有足義甚明。履我發者，謂踐我足也。(《述林・詩履我
即兮履我發兮解》)

《說文・三篇下・茍部》云：「，茍問也，從茍，召聲。」按
此字經傳未見有用者，惟《書・大誥》云：「用宁王遺我大寶
龜紹天明」，紹當為此字之同音假字。宁王當做文王……天明
猶言天命。(《述林・釋卦》)

《周禮・秋官司刑注》引《尚書大傳》雲：「決關梁，踰城郭而略盜者，其刑臏；男女不以義交者，其刑宮觸；易君命，革輿服制度，奸軌盜攘傷人者，其刑劓；非事而事之，出入不以道義，而誦不詳之辭者，其刑墨；降畔寇賊，劫略奪攘撟虔者，其刑死。」按《周禮疏》卷三十六賈公彥于宮字斷句，……愚謂：文當于「宮觸」為句，「宮觸」即「宮割」也。……伏生作觸，假字也。……鄭注《孝經》曰：「男女不與禮交者，宮割。」此語即本伏生。（《論叢・讀周禮司刑注引尚書大傳書後》）

《爾雅・釋木》雲：「木自獘，柛。立死，椔。蔽者，翳。」……《說文》雲：「槙從真聲，與柛聲義俱近。柛猶伸也，人欠伸則體弛懈如顛僕也。」樹達按：槙為正字，柛為假字。……又陳字從申聲，古讀陳與田同，知申聲字古讀如電如田，與槙音近，故得相通假。（《論叢・爾雅木自獘柛說》）

（2）「讀為」、「讀曰」例

《書・君奭》雲：「殷既墜厥命，我有周既受，我不敢知曰：厥基永孚於休，若無棐忱；我亦不敢知曰：其終出於不祥。」按此文「孚」當讀為「抱」。（《論叢・書盤庚罔知天之斷命解》）

《詩・檜風・匪風》雲：「匪風發兮，匪車偈兮。」……今按「發」讀為「冹」。《說文・十一篇下・仌部》雲：「，風寒也。從仌，畢聲。」「冹，一之日冹。從仌，犮聲。」按一之日冹，乃《詩・豳風・七月篇》三家詩文，《毛詩》作「觱發」，傳亦雲：「觱發，風寒也。」冹為本字，觱發為假字，知《毛詩》恒假發為冹，《匪風》正其一例矣。偈者，字當讀為

轄。……曷害二字古音近，故《毛詩》假偈為轄也。（《論叢·詩匪風發兮匪車偈兮解》）

「今不承于古罔知天之斷命矧曰其克從先王之烈若顛木之有由蘗。」樹達按：「古」讀為「故」……「從」讀曰「▢」，車跡也。（《積微居讀書記·尚書說》）

盤庚教於民由乃在位以常舊服正法度曰無或敢伏小人之攸箴。樹達按：「正」，讀為「證」，諫也。（《積微居讀書記·尚書說》）

《書·微子》雲：「殷罔不小大好草竊奸宄，卿士師師非度。」……今按「草」當讀為「鈔」……按「草」古音在幽部，「鈔」古音在亳部，二部音最近，故得通假。（《論叢·書微子草竊奸宄解》）

《孟子·萬章下篇》雲：「繆公之於子思也，亟問，亟饋鼎肉。子思不悅。于卒也，摽使者出諸大門之外，北面稽首再拜而不受。曰：今而後知君之犬馬畜急。蓋自是台無饋也。」……今按台當讀為始。「蓋自是台無饋」，為魯繆公自是始不饋子思也。（《論叢·孟子台無饋解》）

《莊子·秋水篇》：「以道觀之，何貴何賤，是謂反衍；無拘而志，與道大蹇。何少何多，是謂謝施；無一而行，與道參差。」……愚謂謝當讀為衺，施當讀為迆，謝施為邪曲也。（《論叢·莊子謝施說》）

「文王載拜稽首而辭（九之七）。」樹達按：「載」讀為「再」，音同通用。（《積微居讀書記·讀呂氏春秋劄記》）

「養叔曰吳乘喪謂我不能師也必易我而不戒（襄十三年）。」樹達按：「易」讀為「▢」，《說文·人部》雲：「▢，輕也。」（《積微居讀書記·讀左傳》）

「親近導諛（四上）。」樹達注：導當讀為謟，字之假也。
（《淮南子證聞‧人間訓第十八》）

《詩‧小雅‧正月》五章雲：「謂山蓋卑，為崗為陵？民之訛
言，甯莫之懲。」……蓋當讀為盍，何不也。《說文》蓋從盍
聲，故二文可通用。（《述林‧詩謂山蓋卑解》）

《詩》六章雲：「虎拜稽首，對揚王休，作召公考，天子萬
壽。」鄭箋雲：「休，美也。」……愚疑休當為賜與之
義。……竊謂古音休與好同（同幽部曉母字），休當讀為好
也。（《述林‧詩對揚王休解》）

卷十上《皇后紀》雲：「後寵倖殊特，專固後宮。」「固」當讀
如「錮」。前書《趙後傳》雲：「姊弟專寵錮寢」，是其證也。
（《論叢‧讀王葵園先生後漢書集解》）

《書‧舜典》雲：「帝曰：龍，朕聖讒說殄行，震驚朕
師。」……餘謂殄當讀為饏。《說文‧五篇下‧食部》雲：
「饏，貪也。從食，殄聲。《春秋傳》曰：『謂之饕饏。』」（《述
林‧書舜典朕聖讒說殄行解》）

《詩‧周頌‧天作篇》雲：「天作高山，大王荒之。彼作矣，
文王康之。彼徂矣岐，有夷之行。子孫保之。」……康《鄭
箋》釋為安，殊誤。今按當讀為庚。《小雅‧大車》雲：「西有
長庚。」《毛傳》雲：「庚，續也。」《說文》康字從庚聲，古
康庚二字可通用。（《述林‧詩周頌天作篇釋》）

《詩‧邶風‧穀風》五章雲：「不我能慉，反以我為
讎。」……竊疑慉當讀為畜，好也。知者，《孟子‧梁惠王
篇》雲：「畜君者，好君也。」……畜慉音並相近，與好為一
聲之轉，好古音在幽部，畜在覺部，二部為平入也。（《述林‧
詩不我能慉解》）

（3）「某與某同（通）」例

《詩‧豳風‧七月》雲：「嗟我農夫，我稼既同，上如執宮功。」……此「上」字與「尚」同，古書「上」「尚」二字多通用。（《論叢‧詩上如執宮功解》）

「則農夫罷與墊而草萊不辟。」樹達案：「罷」與「疲」同。（《鹽鐵論要釋‧禁耕第五》）

「王若曰格汝眾予告汝訓汝猷黜乃心無傲從康。」樹達按：《大誥》「猷」字，馬融本作「繇」，金文亦作「繇」。……猷、繇字通，《詩》巧言「秩秩大猷」，漢書班固傳作「繇」，是其例也。（《積微居讀書記‧尚書說》）

（4）「猶言」例

《詩‧小雅‧十月之交》雲：「皇父孔聖，作都于向；擇三有事，亶侯多藏。」今按《說文‧五篇下‧部》雲：「亶，多穀也。從，旦聲。」《詩》文言多藏，故以訓多穀之亶狀之。「亶侯」者，猶言「亶兮」也。……故《索隱》雲：「侯，語辭也。兮，亦語辭。沛詩有三兮，故雲三侯，」是也。（《論叢‧詩亶侯多藏解》）

（5）「音轉」例

西至酆郭（八之九）高注雲：「酆郭在長安西南。」陳昌齊曰「郭當作鄗。」王念孫說同。樹達按：「郭」「鄗」音之轉，郭偃亦作高偃，是其比類。此二字音近字通，非誤字也。（《積微居讀書記‧讀呂氏春秋劄記》）

2 破假借，解名字

齊陳書字子占，王氏以占書為說。餘謂占當讀為笘：《說文・
竹部》雲：「潁川人名小兒所書寫為笘。」「篇，書僮竹笘
也。」《禮記・學記》雲「伸其佔畢，」佔亦笘也。笘為書寫
所用，故名書字笘矣。（《論叢・讀春秋名字解詁書後》）

齊公子于字且，⋯⋯餘謂：於，往也；且讀為徂，亦往也。於
徂皆訓往，故名於字且矣。（《論叢・讀春秋名字解詁書後》）

（二）明通假，證讀若

關於《說文》讀若的性質，楊樹達《述林・說文讀若探源》認為
段玉裁「凡言讀若者，皆擬其音也」為「獨得其真詮」，雲：「許君
《說文》為形書之初祖，希見之字擬其音讀，尋常易識之字則略說不
記。」楊氏又說：「經傳假借者，《說文》讀若之所取資⋯⋯經傳緣同
音而假借，許君緣經典之假借而證同音，非至順利自然之事乎？」
《述林・說文讀若探源》之二有「本之通假字者」87 條，下取其數
條明之。

噲讀若快：

《二上・口部》：「噲，咽也；從口，會聲。讀若快。」《淮南
子・精神篇》雲：「病疵瑕者捧心抑腹，膝上叩頭，踒跼而
啼，通夕不寐。當此之時，噲然得臥，則親戚兄弟歡然而
喜。」尋《淮南》文義，噲如字讀，則不可通，實釋假噲為
快。許君曾注《淮南》，見此同音假借，故雲噲讀若快也。
（《述林・說文讀若探源》）

迂讀若干：

《二下・辵部》：「迂，進也；幹聲。讀若干。」《楚辭》雲：「既干進而務入」，干進二字為連文。許君以迂為進義，則干進字正當作迂，《楚辭》文乃假幹為迂也。二字相假，其音比同，故知迂當讀如幹矣。（《述林・說文讀若探源》）

徲讀若遲：

《二下・彳部》：「徲，久也；從彳，犀聲。讀若遲。」《禮記・樂記》雲：「敢問遲之遲而又久，何也？」許君謂遲訓徐行，無遲久之義，《樂記》之遲當訓久，乃遲字之假借。《禮記》既借遲為徲則二字音必無異，故雲徲讀若遲矣。（《述林・說文讀若探源》）

讀若疏：

《二下・疋部》：「門戶疏也。從疋，疋亦聲。囪象形。讀若疏。」此窗本字，經傳多假疏字為之。《荀子・禮論篇》雲：「疏房床第幾席，所以養體也。」《史記》《禮》《書》用此文，《索隱》雲：「疏謂窗也」，是其例也。徐君以為囪，乃窗本字，而疏為假字，二字彼此相假，必是同音，故雲讀若疏矣。（《述林・說文讀若探源》）

丰讀若介：

《四下・丰部》：「艸蔡也。象艸生之散亂也。凡丰之屬皆從丰。讀若介。」《孟子・萬章上篇》雲：「非其義也，非其道也，一介不以與人，一介不以取諸人。」趙歧注雲：「一介草不以與人，亦不以取於人也。」趙釋一介為一介草，則《孟子》文明釋假介為丰也。介假為丰，音必相同，故許君雲丰讀若介矣。(《述林・說文讀若探源》)

飾讀若式：

《七下・巾部》：「也。從巾從人，食聲。讀若式。」《管子・輕重篇》雲：「桓公使八使者式璧而聘之」，假式為飾。許君蓋據此而雲飾讀若式也。(《述林・說文讀若探源》)

二　聲訓

(一)「之言」、「之為言」例

坻之言底也。《爾雅・釋詁》雲：「底，止也。」(《述林・字義同緣於語源同續證》)

渚之言著也。《國語・晉語》韋注：「著，附也。」(《述林・字義同緣於語源同續證》)

段氏雲：「蔆以角得名，蔆之言棱也。」按段說是也。(《述林・字義同緣於語源同續證》)

渚之言著也。……渚者，言水之所附著也。(《述林・釋坻》)

女兄為姊，姊娣之言次第也。(《述林・造字時有通借證》)

談之言剡，說之言銳，語源同故其義同矣。(《論叢・釋說》)

僕之言附也。（《述林・字義同緣於受名之故同續證》）

段氏雲：「莙之言角也，莙角雙聲。」按段說是也。莙在侯部，角在屋部，二部為平入聲。（《述林・字義同緣於語源同續證》）

今按餲之言遏也，飯含水分，阻遏不能宣洩，故臭味道變也。（《述林・字義同緣於語源同續證》）

椴之為言短也，蕣之為言瞬也，皆言其華時短促也。（《論叢・釋蓳》）

愚謂旐之為言召也，謂所以召士眾也。（《論叢・釋旐》）

今謂之為言坻也。（《述林・釋》）

按斷之為言根也。古艮、斤二字同音，故往往通作。（《述林・釋斷》）

今謂疫之為言易也，易者，延也。……延易即今語之傳染也。病以延易而民皆疾，故謂之疫矣。（《述林・釋役》）

姊之為言次也。（《述林・釋姊》）

坻之為言底也，也。（《述林・釋坻》）

以木離析罪人之手指而束之，故謂之櫼，櫼之為言猶離析也。（《述林・釋櫼》）

《說文・十篇下・心部》雲：「憭，慧也，從心，尞聲。」按憭之為言寮也。（《述林・釋謰》）

按之為言撞也。《後漢書・光武紀》雲：「沖軯撞城，」是有撞之用也。（《述林・釋》）

《言部》雲：「譽，稱也，從言，與聲。」按譽之為言舁也。《述林・釋》（韔），樹達按韔之為言藏也，所以藏弓也。（《論叢・釋韔》）

胅之為言亦夾也，謂在旁夾人體也。（《論叢・釋韔煩》）

縣之為言玄也，古者縣玄音近，故互相訓釋。(《論叢・釋（目
縣）瞑》)

故識字當以記識為最初義。……識字之初義明，識字之語源乃
可得言焉。蓋識之為言埴膱也。……物之相黏謂之膱，黏土謂
之埴，事著於心不忘謂之識，其義一也。(《述林・造字時有通
借證》)

今謂偶之為言耦也。《說文・四篇下・耒部》雲：「耕廣五寸為
伐，二伐為耦。從耒，禺聲。」耦本訓二伐，引申為二人。……
人與人相逢則得其偶，故謂之遇矣。(《論叢・釋遇》)

(二)「同音」、「音同（近）」、「音某」例

按羖與股為同音字，人膝以上為股，膝以下為脛，股大於脛，
知羖亦當受義於大，義當為牡，不得為牝，一也。羖古音與假
同，羖為牡羊，與麚為牡鹿、豭為牡豕一律。若麚豭為牡而羖
為牝，理不可通，二也。(《論叢・釋雌雄》)

哉生霸之字經傳多作魄，許君亦以魄釋霸。蓋魄從白聲，白、
霸古音同，故用字者假魄為霸也。五伯為諸侯之長，或做五
霸，乃假霸為伯也。用字時之通假，大可證造字時通假矣。
(《述林・釋伯》)

按梓字古人聲訓皆以子字為釋，字與梓古音同也。(《述林・釋
梓》)

羖與股為同音字。人膝以上為股，膝以下為脛，股大於脛，知
羖亦當受義於大，義當為牡，不得為牝。(《論叢・釋雌雄》)

始悟此字（儋）為尤字之象形初文也……儋字今作擔，尋尤聲
詹聲古音相近，從尤聲之字如肬、疣、統、訧音讀今皆與儋
同，決知其為一字矣。異者，尤為象形，儋為形聲耳。(《述
林・釋尤》)

《說文‧七篇上‧香部》雲：「香，芳也。從黍，從甘。」香
與腳古音同，古亦通用。(《論叢‧字義同緣於語源同例證》)

《說文‧四篇上‧目部》：「　，目不正也。從目，從矢。」音
舜。按即今之瞬字，謂一動目間也。(《論叢‧字義同緣於語源
同例證》)

(三)「對轉」、「一聲之轉」例

《一篇上‧上部》雲：「旁，溥也。」《六篇上‧木部》雲：
「榜，所以輔弓弩也。」旁訓溥，榜訓輔，皆以雙聲對轉為
義。(《述林‧字義同緣於語源同續證》)

槭為穢惡之器，而字從威，於義無取，以聲音求之，槭蓋受義
于圂，蓋圂槭二文為對轉也。《賈子‧道術篇》曰：「誠動可畏
謂之威，反威為圂。」此以對轉為相反之義者也。廁謂之圂，
褻器謂之槭，此以對轉為相類之義者也。義之正反有殊，其以
音之對轉相孳生則一而已。(《論叢‧釋圂》)

嗌以雙聲真部孳乳為咽……嗌又對轉入青部，孳乳為　。(《述
林‧釋嗌》)

登(一)形容詞，當也。「登」與「當」一聲之轉。(《詞詮》
「登」字條)

第(一)命令副詞，但也，第但一聲之轉。(《詞詮》「第」字
條)

(四)「某，某也」例

雙聲：

由詔更用臨眾。(十五下)樹達按：更，改也。(《漢書窺管‧
趙充國辛慶忌傳第三十九》)

疊韻：

「郡，群也。」（《述林・字義同緣於語源同續證》）

第五章
楊樹達的語義觀及其在訓詁中的應用

第一節　楊樹達的語義觀

　　訓詁之學，意義為其核心。陸宗達先生就指出：「訓詁雖然不是單純解釋詞義的，但詞是語言中最小的表義單位，即語義的基本單位。所以，解釋詞義是訓詁學的基礎工作，在訓詁學中佔有最重要的地位。」[1]因此，有關楊氏訓詁的研究必須揭示其語義觀。

一　「義為之主」

　　楊氏首先從發生學上闡明了意義在代表語言的文字中的核心地位：「夫文字之生也，有義而後有音，有音而後有形，三事遞衍，而義為之主。」（《述林·論小學書流別》）其次，在具體的文字訓詁中，他同樣認為：「考釋文字，舍義以就形者，必多窒礙不通，而屈形以就義者，往往犁然有當。蓋古人字形不定，而文義必有定，吾輩依其不定之形，以求有定之義，則得之，以後世已定之形以律古代未定之形，固失之於形，又必失之於義也。」（《卜辭瑣記》）又說：「餘謂吾輩考釋古文，首當求文義之合，而形則次之。」（《卜辭瑣記》）

1　陸宗達：《訓詁簡論》（北京市：北京出版社，1980年），頁15至16。

二 語義規律的揭示和利用

（一）語義的聚合

1 義由音生，某聲多具有某義

如前所述，相關例子和前文互見，這裡從略。

2 對文關義[2]

對文從形式上看，是一種修辭現象，指在相同或相近的語法結構中，處於相對位置上的語言單位；但從內容上看，對文之間則有相對、相近、相類、相關或相同的語義關係。楊氏訓詁也不乏對這一語義關係規律的揭示和利用，如《述林・釋腒》：「居聲字有直義，往往與曲義之句對言。《禮記・樂記》雲：『倨中矩，句中鉤。』《大戴禮記・曾子立事篇》雲：『與其倨也，寧句。』《考工記・冶氏》雲：『已倨則不入，已句則不決。』此皆以倨句對文。」

3 連文同義

連文也是一種修辭現象，其形式上的組合包含語義的聚合，即所謂「連文同義」。如《述林・釋坻》雲：「古連文之字多同義。《詩・小雅・祁父》雲：『胡轉予於恤，靡所底止。』底止連言，猶坻沚二文同義也。」又《論叢・書微子草竊奸宄解》雲：「經以『草竊奸宄』連文，『奸宄』義近，『草』與『竊』義亦當相近。又《盤庚上篇》雲：『乃敗禍奸宄以自災與厥身。』彼文『敗』與『禍』義近，則此文『草』與『竊』義亦當相近。」

---

2 本章和下章「對文」、「連文」互見。

4　施受同辭[3]

從語義的層面看，「施受同辭」指同一個詞兼具施與和接受兩個對立的義項。楊氏提出：「古人美惡不嫌同辭，俞氏書已言之矣。乃同一事也，一為主事，一為受事，且又同時連用，此宜有別白矣。而古人亦不加區別，讀者往往以此迷惑，則亦讀古書者所不可不知也。」（《古書疑義舉例續補・施受同辭例》）他接著舉例：《公羊傳・莊公二十八年》傳雲：「春秋伐者為客，伐者為主。」何注雲：「伐人者為客，長言之；伐者為主，短言之。」然則伐者為客之「伐」，指伐人者，主事之詞也；伐者為主之「伐」，指見伐者，受事之詞也，而《公羊傳》文只皆曰「伐」。

5　名字相因

「古者，名以正體，字以表德。」（《顏氏家訓・風操篇》）古人名、字意義相應，即相同、相近、相對或相關，《白虎通德論》雲「聞名即知其字，聞字即知其名」即是。楊氏亦將這種意義關聯用於訓詁，如：

明本義：

> 春秋鄭石制字子服。……此皆用制字本義者也。（《論叢・說制》）

明引申義：

---

3 有人把「施受同辭」歸入「反訓」或「施受的引申」，反訓主要是由於詞義的引申而形成的詞義現象。本書認為楊氏所謂的「施受同辭」是一個共時的語義概念。

余更考春秋魯公子尾字施父，《後漢書》屢言首施兩端，王念孫為首施即首尾。蓋古人文字名動多相因。就名詞言，施即是尾，公子尾名字取義於此。(《述林・釋》)

明字形關係：

按為初文，淵乃後起之加形旁字。囘為淵水，淵訓囘水，二字互相訓。孔子弟子顏淵字囘，取義於此也。(《述林・釋互》)

6 語境承義

即上下文語義相承。利用上下文語境來解釋詞義是傳統訓詁中常用的方法，楊氏亦有利用，如：

(《詩》) 鄭箋雲：「休，美也。」……余按對揚王美，文理膚泛不切，鄭說殆非也。愚疑休當為賜與之義。《詩》文五章言厘爾圭瓚，秬鬯一卣。又雲錫山土田，此記天子賞賜召虎之事也。六章雲：「虎拜稽首，對揚王休，」此記虎答揚王賜之事也。文字上下相承，至為警策，若訓休為美，則文字鬆懈，全失《詩》文上下相承之理矣。(《述林・詩對揚王休解》)
《詩・大雅・烝民》雲：「袞職有闕，惟仲山甫補之。」……今謂：職者，適也，乍也，言袞乍有缺，則仲山甫即補之也。袞為上服，補為補衣，二字文義上下相承。(《述林・詩袞職有闕解》)《詩・豳風・七月》：「嗟我農夫，我稼既同，上入執宮功。」……蓋詩人言：嗟我農夫乎！今已冬時矣，我之禾稼已聚集矣，汝庶幾其可以入於都邑治宮室之事矣。蓋上文已言十月納禾稼，此在既納之後，故雲已聚集也。(《論叢・詩上入執宮功解》)

7 同訓、互訓、遞訓同義

　　故訓中的同訓、互訓和遞訓就是用同義詞來訓釋詞義。楊氏「字義同緣於語源同」中的「字義同」有很多是以同訓、互訓或遞訓來說明，如：

　　同訓：

　　　癰《說文・七篇下・疒部》云：「癰，腫也。從疒，雝聲。」

　　　瘤《疒部》又云：「瘤，腫也。從疒，留聲。」

　　　痤《疒部》又云：「痤，小腫也。從疒，坐聲。（《字義同緣於語源同例證・十六》）

　　　沚《說文・十一篇上・水部》云：「沚，小渚曰沚。從水，止聲。」

　　　坁《說文・十三篇下・土部》云：「坁，小渚也，從土，氐聲。」

　　　陼《說文・十四篇下・部》云：「陼，如渚者陼丘。水中高者也。」（《字義同緣於語源同續證・十一》）

　　互訓：

　　　諛《說文・三篇上・言部》云：「諛，諂也。從言，臾聲。」

　　　諂《言部》又云：「諂，諛也。從言，臽聲。」（《字義同緣於語源同例證・四十八》）

　　　扉《說文・十二篇上・戶部》云：「扉，戶扇也。從戶，非聲。」

　　　扇《說文》云：「扇，扉也。從翅省。」（《字義同緣於語源同例證・四十》）

遞訓：

　　柭《說文・六篇上・木部》雲：「柭，楣也。從木，呂聲。」
　　《說文・六篇上・木部》雲：「　，柭也。從木，　聲。」（《字義
　　同緣於語源同例證・二十二》）
　　戍《說文・十二篇下・戈部》雲：「戍，守邊也，從人執
　　戈。」
　　役《說文・三篇下・殳部》雲：「役，戍也。從彳殳。」（《字
　　義同緣於語源同續證・十六》）

（二）語義的發展──引申

1 引申的方式[4]

（1）抽象

　　本義是具體的，引申義是抽象的，即楊氏《述林・自序》雲：
「文字抽象的意義，往往是從具體的事物來的。」他舉例說：「讒諂抽
象之義，皆由具體義而來。」（《論叢・字義同緣於語源同例證》）又：

　　罰字無可象，故以棺形表死刑，從刀則示刀鋸之刑，《書・呂
　　刑》所謂劓刵椓黥之屬也。以具體之器物表抽象之意義，此先
　　民智慧之所在也。（《述林・釋　》）
　　（箴、刺）通語雲箴規，雲諷刺，義相近。諫字《說文》訓數
　　諫，為諷刺之本字，字亦從束聲。箴束皆銳鋒，以具體假為抽
　　象之用也。（《論叢・字義同緣於語源同例證》）

4　以下只為例舉，不為分類。

（2）相關

如《論叢・臣牽解》：「臣之所以受義於牽者，蓋臣本俘虜之稱。……蓋因俘人數不一，引之者必以繩索牽之，名其事則曰牽，名其所牽之人則曰臣矣。」

（3）相似

由本義引申指有相似之處的另一事物。即《論叢・釋嫁》雲：「古人文字，近取諸身，遠取諸物，取諸身者由身引申以及於物，取諸物者由物引申以及於人，其義一也。」又舉例說：「按文字之孳乳，凡人為之物，往往取自然之物為比擬，劉說謂鋒得義於鑾，是也。」（《述林・字義同緣於語源同續證》）

（4）轉化

本指一事物而轉指另一事物。楊氏說：「《說文・十二篇下・門部》雲：『閒，隙也。從門，從月。』此閒之本義也。引申為寬閒之閒，謂有餘地也，複引申為閒暇之閒，謂有餘時也；複引申為悠閒之閒，謂有餘情也。愚意其引申之次蓋當如此。」（《論叢・爾雅寙閒說》）

（5）名動相因

「名動相因」為語法命名，從語義上看，則屬動靜的引申。名受義於動，即由動態到靜態，如《論叢・字義同緣於語源同例證》：「古名字多受義於動字，糧之受名實源於。」動受義於名，即由靜態到動態，如《論叢・說馬》：「古人名動同辭，獸名曰馬，上馬因亦曰馬，猶車乘曰乘，乘車亦曰乘也。」又如：

許君訓槈為薅器者，薅為拔去田草，即芸草也。古人名動往往同辭，許君以字從木，或從金，故主以器官，而《易》、《禮》、《孟子》注則指言其事也。必知辱為槈之初字也。（《述林・釋辱》）

《說文・一篇下・艸部》雲：「荒，蕪也。」蕪謂之荒，墾治蕪穢亦謂之荒，古名動同辭之通例也。（《述林・詩周頌天作篇釋》）

《詩》六章雲：「虎拜稽首，對揚王休，作召公考，天子萬壽。」……《追》雲：「追虔夙夕恤厥死事，天子多錫追休。」夫休而雲錫，且雲多錫，若休為美義，如何可錫，又何多少之可言乎！惟休為賜與，古人名動相因，故賜與之物亦可謂之休也。（《述林・詩對揚王休解》）

（6）虛化

《述林・釋之》：「文字之孳乳，由名而動，由實而虛也。」楊氏把虛化稱為「引申」，如《詞詮》「故」字條：「（二）名詞。《墨子經上篇》雲：故所得而後成也。今言『原由』。……（九）承遞連詞。因果相承時用之。與今語『所以』同。按此用法乃由第二條『緣故』之義引伸而來。」[5]

2 同向引申

所謂「同向引申」，是指意義相近的詞其引申義也相近，即楊氏所雲：「本字義相近，故引申義亦相近也。」（《述林・釋冂》）

---

5 蔣紹愚先生則認為：「它不是兩個義位的詞彙意義之間的聯繫，所以我們還是把『虛化』另立一類，不包括在『引申』之中。」見蔣紹愚《古漢語詞彙綱要》（北京市：商務印書館，2005年），頁87。

（按：還包括相反。）此乃楊氏「字義同緣於受名之故同」的換一種說法。

（1）本字義近，引申義亦近

例如：

> 足為人足，引申為止足知足之義。止甲文作，象足形，亦足也，引申為退止知止之義。卩者，脛頭卩也，引申為節止節制之義。卻者，脛也，引申為節卻卻退之義。本字義相近，故引申義亦相近也。（《述林・釋卩》）
>
> 在面之兩旁，故謂之，又謂之頰；頜車在口之兩旁，故謂之輔，又謂之頰；人肩在頸之兩旁，故謂之髆，又謂之甲；脅在身之兩旁，故謂之膀，又謂之脅。語源同，故其孳乳亦同矣。（《論叢・釋頰》）
>
> （曾）口氣上出穿而散越，故訓為語之舒。引申之，則義為高舉。……尚從八從向，謂氣散越達於牖外也。尚曾二字義同，故其組織結構同矣。尚有高上之義，猶曾之引申為高也。（《論叢・釋曾》）
>
> 旅力二者皆骨骼之名。《說文》七篇呂部雲：「呂，脊骨也。象形。」或作膂。經傳之旅乃膂之省。力則脅骨也。人體幹骨為脊，由脊分張前曲為肋，二體相屬，故古人以旅力連言。脊肋強者多力，《淮南子・齊俗篇》雲：「強脊者使之負土。」許注雲：「脊強者任負重」，是其說也。旅力引申為氣力之力，《方言》《廣雅》膂亦訓力，是也。古人謂駢脅者多力，知脅骨與氣力有關矣。（《論叢・釋力劦》）
>
> 《說文・六篇下・貝部》雲：「賢，多才也。從貝，臤聲。」

按文從臤者，《三篇下・臤部》雲：「臤，堅也。古文以為賢字。」據此臤乃堅之初文。人堅則賢，故即以臤為賢，後乃加形旁之貝為賢字耳。《十篇上・能部》雲：「能，熊屬，足似鹿。從肉，聲。能獸堅中，故稱賢能而彊壯稱能傑也。」今按能與耐古字同，惟堅耐能耐也。《九篇下・部》雲：「，豕，鬣如筆管者。出南郡。從，高聲。」或從豕作，今通作毫。按毫豕以毛鬣堅剛如筆管，故引申為豪傑之豪。賢能同義，賢豪亦同義。能義受自堅中，豪傑緣于剛鬣，賢之受義於堅，以二文互證而益明矣。（《論叢・釋賢》）

《說文・四篇下・耒部》雲：「耕廣五寸為伐，二伐為耦。從耒，禺聲。」耦本訓二伐，引申為二人。……更引申為匹敵之名。……《五篇上・曰部》雲：「曹，獄兩曹也。」兩曹經傳言兩造：《書・呂刑》雲：「兩造具備。」《周禮・大司寇》雲：「以兩造禁民頌」，是也。引申之，有輩偶群眾之義。……按曹有兩義，引申為群輩，與耦有二義引申為匹敵之名者正同。（《論叢・釋遇》）

（2）本字義相對，引申義亦相對

例如：

譽俌皆言舉，舉者，推而上之者也。詆之言氐，氐者下也。譽俌與詆義相反，故其語源亦相反矣。（《述林・釋》）

凡國都必侈，鄉邑必陋，故都引申義為大，為盛，為美，為閑，為雅，為姣，皆美義也。鄙之引申義為小，為狹，為陋，為賤，為俚，為猥，為不通，皆惡義也。（《述林・釋啚》）

3 同根反訓

反訓詞是由於語義的發展變化，從而使一個詞具有兩個相反、相對的義項。楊氏也有對這一詞彙現象的揭示，如：

> 其以相近或相反之義轉變者：子之于孫⋯⋯（按：此例為相近）貧之于富。《說文・六篇下・貝部》雲：「貧，財分少也。從貝分，分亦聲。」符巾切。又《七篇下・宀部》雲：「富，備也。一曰厚也。從宀，畐聲。」方副切。按：貧，痕部；富，德部。（《論叢・古音哈德部對轉證》）
>
> 盂為飲器，中低而四傍高，故從于聲，於猶言圬言窊矣。⋯⋯屋宇之象，中高而四下，宇字亦從於聲者，此以相反為義。（《論叢・略證》）
>
> 按隹為短尾鳥，蜼為長尾，可以反義受名，然或亦受義於卬鼻，與隹本字無涉。或曰：讀若退者本引而下行，高仰諸字乃反義孳乳也。（《論叢・說｜》）

「末」既訓首，又訓為「根」，楊氏亦從引申的角度予以解釋：

> 樹木有幹有枝，幹之杪為末，擬人之身，則元首是也。枝之杪亦為末，擬之人身，則手足是也；故末又有四肢之訓也。抑末者與本相對之辭。本在樹曰根，在人曰跟，所居皆最下；以脊膂視跟，則遠在上矣，故亦受末名是也。大抵文字之義訓，緣引申之故，迤邐漸移，有不可以刻畫求，而惟當以意逆之者，此類是也。（《述林・釋跟》）

　　楊氏還在《高等國文法・總論》中分析「反訓」產生的原因，也臻於科學：

> 我國語之緣起，有五端：⋯⋯二、緣反訓而起。初民知識混沌，一事二面，不能精析，故吾國語言中有反訓之例。如「亂」訓「治」；「苦」又訓「快」；「徂」又訓「往」，又訓「存」；「故」訓「舊」，又訓「今」；「離」訓「去」，又訓「遭逢」；⋯⋯然一字兼含相反之二義，必有混淆之虞。於是或取某字而變其韻以表其相對或相反之義，則此意義相對或相反之二字為雙聲；例如對於「天」而言「地」，對於「古」而言「今」，對「疾」言「徐」，對「加」言「減」，對「夫」言「婦」，對「規」言「矩」是也。與此相反，但取某字之韻而變其聲以表其相對或相反之義，則此意義相反或相對之二字為疊韻。

由以上的舉例和解釋可以看出，楊氏認為反訓詞形成的主要原因是詞義的引申和分化。這也是目前學術界比較一致的看法。

第二節　詞義的辨析

　　楊氏治文字訓詁，盡量尋找「語源」；而同源必同義，或意義相關，因此，無論是以聲統義，還是系聯同源詞，都必須辨析同義詞。而這又涉及同義詞的分類問題。馮蒸：「對於古漢語同義詞，宜採用語音條件這一明確標準，從而把同義詞分為非同源同義詞和同源同義詞。」[6]鑒於楊氏以「音近義通」的語源學思想貫穿其文字訓詁研

6　馮蒸：《說文同義詞研究》（北京市：首都師範大學出版社，1995年），頁3。

究，本書採用馮蒸先生的語音分類標準，以「同源同義詞」和「非同源同義詞」兩端來探討楊氏的同義詞辨析。

一　同源同義詞的辨析

（一）辨同義，系同源

同源同義詞就是同源詞。王力《同源字論》：「凡音義皆近，音近義同，或義近音同的字，叫同源字。這些字都有同一來源。或者是同時產生的……同源字，常常是以某一概念為中心，而以語音的細微差別（或同音），表示相近或相關的概念。」簡言之，同源詞就是音近義通的詞，因此，要說明同源，在音近（同）的情況下，就要辨明同義。

1　音同（近）

（1）聲符相同

《論叢・釋雌雄》（以下表簡明示之）

表 16　楊樹達《釋雌雄》

同義字	雌	佌	柴	貲	娊	疵		啙	巖	聲義關係：此聲字多含小義
聲符	此	此	此	此	此	此	此	此	此	
意義	鳥母	小	小木	小罰以財	婦人小物	小病	淺渡	短短	口上小須	

蓋銳謂之鑱，石針謂之鑱，砭刺謂之劋，貫刺謂之攙，以言傷人謂之讒，其義一也。（《論叢・形聲字聲中有義略證》）

銳意謂之𣫍，銳物謂之錯，痛謂之憯，以言傷人謂之譖，亦一義也。（《論叢・形聲字聲中有義略證》）

蓋地氣之上升者為雲，人氣之上升者為魂，其義一也。（《述林・說雲》）

《水部》雲：「澱，滓垽也，從水，殿聲。」又《十篇上黑部》雲：「，謂之垽，垽，滓也。從黑，殿省聲。」按澱聲義並同，實一字也。滓澱互相訓，與澱同而文從黑，則滓之為黑又可知。（《論叢・釋滓》）

按餘從舍省聲，余舍古音同，知騇䠍雌古皆受義於小也。（《論叢・釋雌雄》）

今按羖與股為同音字，人膝以上為股，膝以下為脛。股大於脛，知羖亦當受義於大。……羖古音與假同，羖為牡羊。（今按：假聲有大義。）（《論叢・形聲字聲中有義略證》）

豕與豚細言則有別，總言則不分矣。（《述林・釋邐》）

按從夋聲之字皆含絕特之義。……《四篇上・鳥部》雲：「鵔鸃，鷩也，從鳥，夋聲。」按《爾雅》雲：「鷩，山雉。」按今雲野雉，鳥中之絕特者也。……按狻麑即今之獅子，此獸中之絕特者也。鸃古音在歌部，麑在支部，支歌二部古通。鳥曰鵔鸃，獸曰狻麑，字義異而語源無二也。（《述林・釋鵔》）

大抵物之受名，不以其德，則以其業，而業又有施受之殊。者，主撞之器也；鐘者，見撞之器也。其用雖殊，受名於撞則一也。（《述林・釋》）

木在樹曰根，在人曰跟，所居皆最下。（《述林・釋跟》）

手之有助於人也至大，《史記》言漢王失蕭何，如失左右手，以左右手喻人，其義可見也。又字孳乳為右，助也。字孳乳為左，手相左也。（《述林・釋又》）

（2）聲符不同（不同或不全同）

表 17　《論叢・釋雌雄》

同義字	粉		頒	坋	汾	墳	黂（黁）	鼖（　）	分聲字多含大義；分、賁古音同
聲符	分	分	分	分	分	賁	賁	賁（省）	
意義	羊牡	大巾	大頭	大防	大	大	大麻子	大鼓	

藏弓謂之韣，鳥藏謂之帳，藏穀謂之倉，藏死謂之葬，其義一而已矣。（《論叢・釋韣》）

左右謂之夾，在傍謂之挾，目旁謂之，面旁謂之頰，兩膀謂之肋，其義一也。（《論叢・釋頰》）

物之相黏謂之膩，黏土謂之埴，事著於心不忘謂之識，其義一也。（《述林・造字時有通借證》）

蓋兩人用手共舉謂之舁，一人以手對舉謂之舉，以言稱舉謂之譽，其義一也。（《述林・字義同緣於語源同續證》）

凡字之同源者往往同音，面權高起，故謂之顴頄，又謂之胚，睢亦高起，故謂之尻，又謂之，鼻稱準，亦言其高聳也。（《述林・釋顴胚》）

胚之為旁，猶挾之為在傍，頰之為面旁，脅之為兩膀矣。（《論叢・釋頰》）

《足部》又雲：「遁，逃也。」按遯與遁聲義並同，遁字從盾者，盾與豚古音同也。（《述林・釋遯》）

傷謂之害，利傷謂之劌，傷暑謂之暍，飯傷謂之饖，又謂之餲。文雖散殊，義固一貫矣。（又：歲曷古音同在月部，饖音於廢切，餲音烏介切，是二字音同也。）（《論叢・釋暍》）

運斤伐木有聲謂之所，持杵搗粟人有聲謂之許，字音同，故義亦相近矣。（《述林・釋許》）

蓋陰莖謂之燭，尾下竅謂之豚，又謂之醜，謂之州，交構謂之屬，豕去勢謂之豕，人去陰謂之躄，其事近，故字音皆相近也。(《述林・釋豕》)

2 音轉

械為穢惡之器，而字從戌，於義無取，以聲音求之，械蓋受義于圂，蓋圂械二文為對轉也。《賈子・道術篇》曰：「誠動可畏謂之威，反威為圂。」此以對轉為相反之義者也。廁謂之圂，褻器謂之械，此以對轉為相類之義者也。義之正反有殊，其以音之對轉相孳生則一而已。(《論叢・釋圂》)

(二) 析名義，釋轉注

轉注眾說紛紜，楊氏同意章太炎的觀點，雲：

轉注，說者紛紜，惟章太炎氏之說得其理。章氏之說曰：「字者，孳乳而寖多。字之未造，語言先之矣。以文字代語言，各循其聲。方語有殊，名義一也。其音或雙聲相轉，疊韻相迻，則為更制一字，此所謂轉注也。考老同在幽類，其義互相容受，其音小變。按形體，成枝葉，審語言，同本株。雖制殊文，其實公族也。循是以退，有雙聲者，有同音者，其條例不異。適舉考老疊韻之字以示一端，得包彼二者矣。」(《國故論衡》上) 所謂同意相受者，義相近也。所謂建類一首者，同一語原之謂也。(《小學略說》上) 達按：章君析轉注為三科，理密矣。獨同音轉注，理不可通。蓋音義俱同，造文者何當別構？此自一字之異形，不關轉注也。故今取其疊韻雙聲二事，而益以對轉，仍得三科雲爾。(《中國文字學概要・轉注》)

　　可見，楊氏認為轉注就是同源分化。楊氏以語音為標準，按照「義相近」的標準，分轉注為三科，即疊韻、雙聲和對轉。

1 疊韻

　　標，木杪末也。從木票聲。敷沼切，六上木部。

　　杪，木標末也。從木少聲。亡沼切，六上木部。

　　按：標杪同在豪部。

　　恇，怯也。從心，匡聲。去王切，十下心部。

　　惶，恐也。從心，皇聲。胡光切，十下心部。

　　按：恇惶同在唐部。

2 雙聲

　　改，更也。從攴、己聲。古亥切，三下攴聲。

　　更，改也。從攴丙聲。古孟切，三下攴部。

　　按：改在咍部，更在唐部，同屬見母。

　　謀，慮難曰謀。從言，某聲。莫浮切，三上言部。

　　謨，議謀也。從言，莫聲。莫胡切，三上言部。

　　按：謀在咍部，謨在模部，同屬明母。

3 對轉

　　逆，迎也。從辵，屰聲。關東曰逆，關西曰迎。宜戟切，二下辵部。

　　迎，逢也。從辵，卬聲。語京切，二下辵部。

　　按：逆在鐸部，迎在唐部，二部對轉。

　　鵝，舒鵝也。從鳥，我聲。五何切，四上鳥部。

　　雁，鵝也。從鳥人，厂聲。五晏切，四上鳥部。

按：鵝在歌部，雁在寒部，二部對轉。（以上六組例子均自《中國文字學概要・轉注》）

二　非同源同義詞的辨析

　　按照現代語言學的觀點，同源詞是指音義皆同（近）的詞，但楊氏在《論叢・形聲字聲中有義略證》、《論叢・字義同緣於語源同例證》和《述林・字義同緣於語源同續證》中所辨析的71組同義詞中，絕大部分都不是「音近義通」的同源詞（次標題例字，不包括文中系聯的同源詞），而是意義相同或組織構造相類的非同源同義詞。

　　就《字義同緣於語源同例證》和《字義同緣於語源同續證》中的實例來看，「字義同緣於語源同」中的「語源同」包括兩個方面：一是指「受名之故」即語源義相同；一是指「組織構造同」。

（一）「語源同」

　　第一種情況實指語源義相同，而語音並不同，如《字義同緣於語源同續證》：「以言抬舉人謂之譽，稱揚人之美謂之俙，皆受義於舉，字義同由於語源同也。」譽、俙語音不同，不是同源詞。這種情況即楊氏所謂：「二字義同，其所以得義之故往往相同。」（《論叢・釋經》）

　　「字義既緣聲而生，則凡同義之字或義近之字，析其聲類，往往得相同或相近之義，亦自然之理也。」（《論叢・形聲字聲中有義略證》）

　　再如《字義同緣於語源同續證》：「言人之惡謂之誹，言其非謂之誹，言其低下謂之詆，輕而小之謂之譏，謂之呰，薄之謂之謗，語源同，故字義同也。」

表 18　語音不同，語義相近

同義字		誹	詆	譏	呰	謗
意義	言人之惡	言人非	言人低下	輕而小之	輕而小之	言人微薄
構造	從言亞聲	從言非聲	從言氏聲	從言幾聲	從口此聲	從言旁聲
受名之故	、誹、詆、譏、呰、謗皆受義於「言人低下」					

按：、誹、詆、譏、呰、謗語音並不相同或相近，可見楊氏「語源同」僅指各詞的「語源義」相同。又如：

> 《說文》雲：「，兄妻也，從女，㚔聲。」……《說文》雲：「㚔，老也。」……蓋舅姑分尊，而亦年長，姑以古故久舅㚔老稱之，孫炎所謂尊老尊長之名，鄭君所謂尊嚴之稱者，是也。蓋諸子義訓雖異，而語源則相類也。（《述林·釋姑》）
>
> 女兄為姊，姊娣之言次第也。……姊娣亦次第為義，姊妹之夫相稱曰亞，亦以亞次為義，其事相近，故語源同也。（《述林·造字時有通借證》）
>
> 夫嗌與頸義近，縊與經義同，知經之為以繩懸頸，又可知縊之為以繩懸嗌也。此以縊經二文互相比證而知其義當然，即餘所謂二字義同其所以得義之故往往相同者也。（《論叢·釋縊》）
>
> （（目縣）），愚謂縣之為言玄也。……玄，黑也。盧童子色黑，故既名曰盧，又名曰（目縣）矣。……《目部》又雲：「瞦，目童子精也。從目，喜聲。」喜聲前儒皆不言其義。今按喜之為言黑也。……然則（目縣）也，瞦也，盧也，皆言童子之黑也。（《論叢·釋（目縣）瞦》）
>
> 窗牖對文有別，散文則通也。（《論叢·釋牖》）
>
> 蓋行而得其偶謂之遇，行而得其曹謂之遭。舉其名為曹偶，言

其行為遭遇，其義一也。(《論叢‧釋牆》)

蓋木自弊者謂之槇，為人所弊者謂之殰，槇殰皆僕踣之辭，事相近則其受名之故亦相近。(《論叢‧爾雅木自獎神說》)

獸之吠必開口，故犬吠聲謂之，虎聲謂之猇。犬鬥則必吠，故犬鬥聲謂之狠。又齧物者必開張其齒，故齧謂之齦，豕齧謂之狠，兩犬相齧謂之，與齦狠音亦同。此皆意義相因之字也。(《論叢‧釋聽》)

以下是《形聲字聲中有義略證》、《字義同緣於語源同例證》、《字義同緣於語源同續證》中「字義同緣於受名之故同」所辨析的58組非同源同義詞：[7]

表 19　楊樹達「字義同緣於受名之故同」

組別	出處	同義字	聲類	意義	受名之故
一	略證	枅	開	屋欂櫨	開有併合之義
		櫨		盧屋	有連侶之義
二	略證	絣	並	縫衣	並有併合之義
		絽	呂	縫衣	呂有連侶之義
三	略證	梱	並	梱	並有併合之義
			呂	梱	呂有連侶之義
		稷	梱	梱	有聚合之義
四	略證	筥	呂	禾四秉	呂有連侶之義
		稷		禾十筥	有聚合之義

---

7 表19所列有少陣列中例字是同源同義詞，如第七組；或者例字中的某幾個字是同源同義詞，如第二十八組中的和。為保持和原文一致，本表照錄，並用※標明。這些不影響我們對「字義同緣於語源同」中「語源同」不是指「音義全同」的同源詞的認識，是楊氏舉例時的客觀偶合。

組別	出處	同義字	聲類	意義	受名之故
五	略證	癰	邕	腫	邕有蔽塞之義
		瘀	於	積血	受義於淤塞
		疽	且	久癰	且有止義
		瘤	留	腫	受義於留止
		痤	坐	小腫	受義於坐止
六	略證	贈	曾	玩好相送	曾聲字有加義
		賞	尚	賜有功	尚者，加也
		貺	兄	賜	兄者，賜也
		賀	加	加禮	加者，增也
		鈹	皮	賜予	皮有加義
		賜	易	加賞	易假為益
七※	略證	盂	於	飲器（中低）	於聲有低下義
		盌	夗	小盂	夗聲有低下義
八	略證	鳳（或作朋、鵬）	凡	神鳥	朋為朋黨
		鷟	族	鷟鷟	族為族類
九	略證	餅	並	餅或謂之餛	並有併合之義
		餛	昆	餅或謂之餛	昆，同也
十	略證	脰	豆	項	豆聲字含樹立義
		頸		頭莖	聲含挺然卓立義
十一	例證	糗		乾食	糗之受名源於（今炒）
				乾飯	源於以火乾物
十二	例證	頰	夾	面旁	夾有左右與在旁之義
			甫	面頰	甫有旁義

組別	出處	同義字	聲類	意義	受名之故
十三	例證		孚	郭之外	孚聲含包裹之義
		（郭）		外城	聲有包裹在外之義
十四※	例證	淪	侖	水波	淪受義於轉輪
		沄	雲	轉流	雲有轉義
十五	例證		與	鱮魚	連與義近
		鰱	連	鰱魚	連與義近
十六	例證	（芬）	分	草香分佈	其香分佈
		苾	必	馨香	必訓分極
十七	例證	旗	其	招士卒	旗與期同從其聲
		旌	生	精進士卒	精從青聲，青從生聲，與旌聲類同
		旟	與	聚眾	旟、旗同義
		旐	兆	召士卒	兆假為召
		旝	會	會合士眾	會有會合之義
			要	要約士眾	要為要約之義
十八	例證	昏	氐	日低下	氐者，下也
		莫		日在艸中	從日從草會意
		晚	免	暮也	免聲有低下義
十九	例證	駒	句	小馬	句聲有小義
		駣	兆	小馬	兆聲有小義
二十	例證	抱	包	氣向日	包聲有包裹義
		暈	軍	日月氣	軍從包省而訓圓圍
二十一	例證	犦	暴	犎牛領肉突起	暴聲字多突起之義
		犎封	封	犦牛	隆起若封
二十二※	例證	梠	呂	屋楣	呂聲字有連侶之義
				梠	梠從比聲，比含次比義

組別	出處	同義字	聲類	意義	受名之故
		比	比	五家為比	比有次比義
		閭	呂	五比為閭	呂有連侶義
		族	族	四閭為族	族有叢聚義
		黨	黨	五族為黨	黨為朋群
二十三	例證	俄		傾	我聲含傾斜義
		頃		頭不從正	俄頃為須臾之義
				目不正	音舜，即瞬，一動目間
二十四	例證	箴	鹹	縫衣用	箴、束皆銳鋒
		刺	束	直傷	
二十五	例證	鄉	香	香	鄉與香音同
		臕	熏	香	臕從熏聲，熏為香草
	膮	蒿	肉香		膮音與蒿同，蒿訓香草
二十六	例證	脛	巠	體直	聲字多含直義
		骹	交	脛	交聲字多含直立義
		骭	幹	骹	幹聲字亦含直立之義
二十七	例證	楨	貞	榦	貞假為
		榦	幹	直木	幹聲字含直立義
二十八	例證	蜆		縊女（喜自經死之蟲）	蜆之為言磬，磬、經同義
		縊		經	縊，經也
二十九※	例證	脯	甫	幹肉	脯、脩受名於乾燥義
		脩	攸	脯	
				胸脯	聲字有幹義
				欲幹	

組別	出處	同義字	聲類	意義	受名之故
三十	例證	脅	劦	兩膀	劦之為言夾，夾有旁義
		膀	旁	脅	
三十一	例證	讒	毚	言傷人	毚聲字有銳利之義
		譖		言傷人	聲有銳利之義
		矊	玄	眼中黑子	縣、玄古音近，玄有黑義
		矖	喜	目童子精	喜之為言黑也
		盧	盧	黑	聲字有黑義
三十二	例證	扉		戶扇	非，從飛下翅，取其相背
		扇		扉	從戶，從翅省
三十三	例證	雄	厷	鳥父	厷聲字有大義
		麚	叚	牡鹿	叚聲字有大義
		豭	叚	牡豕	
		羖	假	牡羊	羖古音與假同
		羒	分	牡羊	分聲字有大義
三十四	例證	雌	此	鳥母	此聲字多含小義
			取	豕牝	取聲字多含小義
		賢		多才	賢固有堅義
		能		能傑	能獸堅中，故稱能傑
		豪		豪豕	如筆管，謂其剛也
三十五	例證	柙		木自斃	柙、櫸皆受義於僕
		櫸		木被斃	
三十六	例證	諧	皆	詥	諧、詥、誠、調四字義近，其聲類
		詥	各	諧	

組別	出處	同義字	聲類	意義	受名之故
		諴	咸	和	皆、各、咸、同亦同義
		詷	同	共	
三十七	例證	諛	臾	諛	臾有下義
		諂	臽	諂	臽有低下之義
三十八	例證	梏	告	手械	梏受義於告
		桁	行（衡）	腳械	桁受義於衡
三十九	例證	桯	呈	床前幾（平）	呈，平也
		蕩	蕩	平	蕩亦有平義
四十※	例證	桃（蜩）	兆	小鳥	兆聲字有小義
		鷦	焦	小鳥	焦聲字有小義
			眇	小鳥	眇聲字亦含小義
四十一※	例證	臣		牽	臣、虜受義于為人所拘
		牽		獲	
四十二	例證	聽	斤	笑貌	斤聲字有開義
		噱	去豦	大笑	去聲有開義（豦假為去）
四十三	例證	罶	留	止魚	留固有止義
		罝	且	止兔	阻固有止義
		罬	叕	止鳥	叕聲字含有止義
			互	止兔	互聲字多含止義
四十四	續證	壻	疋	夫（有才智）	疋聲字含通義
		倩	青	人美字	青聲字含才知義
四十五	續證	聰	囪	察	囪、囧、尞、霝聲字含明慧空通之義
		朙明	囧	照	
		憭	尞	慧	
		靈	霝	明慧	

組別	出處	同義字	聲類	意義	受名之故
四十六	續證	鏹	鋒	兵鋒	鏹、鏑皆受義於銳利
		鏑	束	矢鋒	
四十七	續證	譽	舁	以言稱舉	舁、再皆有舉義
		偶	再	飛舉	
四十八	續證		亞	言人之惡	、誹、詆、譏、告、謗皆受義於「言人低下」
		誹	非	言人非	
		詆	氐	言人低下	
		譏	幾	輕而小之	
		告	此	輕而小之	
		謗	旁	言人微薄	
四十九	續證	桎	至	足械	至之為言疐，疐，礙也
		杒	刃	桎杒	刃聲字含礙止義
		梏	告	手械	梏、牿受義於礙止
五十	續證	脽	隹	突肉	隹聲字含高義
		尻	九	脽	九聲字含高義
				高形	有高起之形
五十一	續證	頯	九	面權高起	頯、頄同字，九聲有高義
		朏	屯	面頯	屯聲字有高義
			出	權	出可訓高出之義
五十二	續證	蔆	棱	角	蔆之言棱，以角得名
		苦	後	角	苦之言角
		芰	支	角	芰之言枝，角突出如樹枝

組別	出處	同義字	聲類	意義	受名之故
五十三	續證	隸	柰	隸屬	隸屬於吏謂隸
		僕	業	附著	僕之言附
五十四※	續證	沚	止	小渚	沚，止也
		坻	氐	小渚	坻之言底
		陼	著	小渚	陼之言著
五十五	續證	腒	居	形直臘鳥	居聲字含直義
		脡	廷	直	廷聲字有直義
		膱	直	直	膱與直音近
五十六	續證	郡	群	群邑	郡之言群
		酇	贊	百家	贊聲含叢聚義
		都	都	民聚	都有聚義
五十七	續證	餲	遏	飯餲	餲之言遏
		饐	壹	飯傷濕	壹有止義
五十八※	續證		豚	逃	豚有善逃義
		遂	豕	亡	豚豕義近

（二）「構造同」

　　第二種情況，即「語源同或雲組織結構同」。楊氏說：「語源同或雲構造同。悉言之，構造同謂象形會意字，……語源同為形聲字，……兩者雖別，亦可互用也。文字先有義而後有形，義同，故以相同之構造表之也。」（《述林・字義同緣於語源同續證》）可見「構造同」是「語源同」用於解釋同義同構的會意字時的具體用詞，即「語源同」對形聲字而言，「構造同」對會意字而言。但楊氏又說：「今觀莫昏為會意字，晚為形聲字，字義相同，其所以得義之故亦同，然則字義同緣於其組織同之說，固不惟形聲字與形聲字為然矣。」（《論叢・釋晚》）

「構造同」的具體含義是：「意義相同的字，它的構造往往相同或相類。」(《述林‧自序》)如戍《說文》訓守邊，役訓戍，二字義同。戍從人持戈，役從人持殳，構造也相類。再如：

表 20　楊樹達「字義同緣於組織構造同」辨析

同義字	開	闢	僉	皆	咸	同	合
意義	張	開	皆	俱	皆	合會	同
構造	從門開	從門辟	從亼吅從	從比白	從口戌	從口	從亼口
構造同	開、闢鼓古文皆象以手開門之形	二人二口相合為僉、二人共一自為皆		悉口為鹹、凡口為同、亼口為合，字義同由於構造同			

尚、曾二字義同，故其組織亦同矣。(《論叢‧釋曾》)

二人口相合為僉，二人共為皆，二字皆近，故其組織亦相近矣。(《述林‧釋僉》)

大象人形，故以倒人之形表順𠃵之𠃵也。……《說文‧十四篇下‧𠫗部》雲：「𠫗，不順忽出也，從到子。」到大為𠃵，到子為𠫗，皆訓不順，字之取象相同，故義訓亦同矣。(《述林‧釋𠃵》)

下表是《字義同緣於語源同例證》、《字義同緣於語源同續證》中「字義同緣於組織構造同」中例字義同的辨析情況：

表 21　楊樹達「字義同緣於組織構造同」

組別	出處	同義字	意義	組織構造
一	例證	縊	以絲系嗌（咽）	從絲從益，益假為嗌（咽）
			經以絲系頸	從絲從至，至假為頸

組別	出處	同義字	意義	組織構造
二	例證	曰	詞也	從口，乙象口氣出
		雲	山川氣	從雨，雲象回轉形
三	例證	獄	二犬守罪人	從丶、，為兩犬守罪人
		圄	囹圄	從口、，為用口拘罪人
四	例證	分	別	從八、刀，以分別物
		別	分解	從冎、刀，分別之義
五	例證	亟	敏疾	從口、又，以手口並用
		疌	疾	從又、止，以手足並用
		憲	敏	從心、目，以心目並用
六	例證	析	破木	從木從斤，以斤破木
		解	判牛	從刀判牛角
七	例證	貧	財分少	從貝分，貝分為貧
		寡	少	從宀頒，頒，分也，故為少
八	例證			取從寸貝，手持貝謂之
		隻	手持隹	從又隹，手持隹謂之隻
		有	手持肉	從又肉，手持肉謂之有
		取	取左耳	從又耳，手持耳謂之取
九	續證	戍	守邊	從人持戈
		役	戍	從人持殳
十	續證	𠫓	不順	從倒子
		屰	不順	從倒大
十一	續證	曾	語之舒	曾從八，謂氣穿窗出
		尚	氣分散	尚從八向，謂氣從牖散
十二	續證	開	張	從門開，古文象以手開門形
		闢	開	從門辟，古文象以手開門形

組別	出處	同義字	意義	組織構造
十三	續證	僉	皆	從亼吅從，二人二口相合為僉
		皆	俱	從比白，二人共一自為皆
十四	續證	鹹	皆	從口戌，悉口為鹹
		同	合會	從口，凡口為同
		合	同	從亼口，亼口為合

第三節　詞義的引申

詞義引申是詞義運動發展的基本方式。詞義引申使詞義構成「有系統的系列」，從而顯示「多義詞的各義項關係和同源詞意義相通的關係」，[8]這也是詞義引申之訓詁價值所在。楊氏通過揭示詞義引申關係，說明了詞之本義、引申義和語源義。

一　明本義

例如：

> 同字從凡，不從⋯⋯按《說文》凡訓最括，引申有皆字之義，此與口字義會，且與咸僉皆諸文組織相似，其形是也。(《述林・釋同》)
> 家從豭省聲者，乃以豬之牡擬人之男也。(《論叢・釋嫁》)
> 旁之義為四面而非一方，故引申之義為溥。許君以溥為訓，既

8　王寧：《訓詁學原理・詞義的引申》(北京市：中國國際廣播出版社，1996年)，頁54。

失其初義，篆文從一一，從冂者，亦失其真形矣。（《論叢·釋旁》）

余謂希蓋即絺之初文……絺綌暑時所服，其縷視布為疏，古希引申有稀疏、稀少之義。此征之引申義可明者三也。（《述林·釋希》）

反同字，象反手外向之形，人以手攀厓，亦必反其手，故反之引申義為正之對，反之覆。許君以引申義訓初義，故其說與形不合也。（《述林·釋反》）

似者，謂子貌似其父母也。……惟《雜記》謂人之見他人容貌似己之父母者而目瞿，此似字為引申義，然以引申義推本義，則似為子似父母，了無可疑。（《述林·釋似》）

《說文·三篇下·又部》雲：「反，覆也。從又，從厂，反形。」……反字本義為以手攀崖，攀崖手必外向，故引申義為覆。許以引申義為初義，故誤。（《述林·文字初義不屬初形屬後起字考》）

旁之義為四面而非一方，故引伸之義為溥。（《論叢·釋旁》）

談說者，說之始義也。由談說引申為說釋之說，又引申為悅懌之悅。許君以引申義為正義，失其次矣。（《論叢·釋說》）餘疑豕當為豕去勢之義，今通語所謂閹豬是也。……豕之去勢謂之豕，引申及於人，去陰之刑謂之斀。斀字或假作觸……又或作椓……蓋豕與蜀古本音同，古豕孳乳為斀，而用斀字義者，又假椓為之也。（《述林·釋豕》）

二　明引申義

例如：

古文晉象插矢之形，故晉有插義。(《論叢・釋晉》)

人恒以經常權變為說者，乃後起之義，非初義也。(《論叢・釋經》)

胠在人身旁，故有以胠為在旁之稱者。(《論叢・釋頰》)

凡物厚重則遲鈍，故遲謂之……馬行頓遲謂之篤。(《論叢・形聲字聲中有義略證》)

耦本訓為二伐，引申為二人。……更引申為匹敵之名。……按曹有兩義，引申為群輩，與耦有二義引申為匹敵之名者正同。(《論叢・釋遇》)

至慈本為父母愛子之稱，稍擴其義，則為慈幼。《周禮地官大司徒》雲：「以保息六養萬民，一曰慈幼」，是也。又稍擴其義，則為君上愛民之稱。《晉語》雲：「甚寬惠而慈於民」，是也。更擴張之，則又可以與其本義正相反而為子事父母之稱。《齊語》雲：「不慈孝于父母」，《莊子漁父篇》雲：「事親則慈孝」，是也。(《論叢・釋慈》)

甬本是鐘，乃後人用字變遷，縮小其義為鐘柄。(《述林・釋甬》)

（箴、刺）通語雲箴規，雲諷刺，義相近。……箴束皆銳鋒，以具體假為抽象之用也。(《論叢・字義同緣於語源同例證》)

《史記・留侯世家》注雲：「矰，一弦可以仰射高者。」按物加益則高，增益義之引申也。(《論叢・釋贈》)

蓋氣本義為雲氣，引申為氣血之氣，然後世用字皆以氣為氣。(《論叢・釋鎎》)

蓋月之始生者謂之霸，子之始生者謂之伯，造文者引天象於人事也。（《述林・釋伯》）

蠭為自然之物，兵耑之鋒出自人為，人類制器賦名，恒假天然之物為比擬，故兵刃之鋒假螫人之蟲以為名，於事為順。（《述林・釋鏑》）

舂者手持物而口有聲，故許字從言從午。口有言而身應之，故許之引申義為聽。（《述林・釋許》）獸本獵禽之稱，引申為所獵之禽之稱，動字引申為名字。（《述林・釋獸》）元本義為首，引申之亦有始義。（《述林・釋元》）義本為行步不正，引申為凡不正也。……義本為兩足分張，引申為弓張也。（《述林・釋步》）

圖有畫計之義者，凡有謀畫，必稽之於圖籍。……地圖者，圖之初義也，實義也；圖謀畫計，圖之引申義也，虛義也。凡造字之始，其義必實，引申之則漸即於虛。（《述林・釋圖》）

先民之制語言也，近取諸身，遠取諸物，而人身諸名，則多取象于樹木。蓋人身直立，與樹木之象同，足踵在下，有似樹木之根，故曰跟也。（《述林・釋跟》）

三　明語源義

例如：

凡地卑下者，水停畜而為洿池，水停則污濁，義皆相因，知浼有下義矣。（《論叢・釋晚》）

（曾），口氣上出穿而散越，故訓為語之舒。引申之，則義為高舉。（《論叢・釋曾》）

「裁，制衣也。」……裁衣者必量布帛之長短，故引申之，制
又訓匹長。……裁衣又必量布帛之廣狹，故制又訓布帛幅廣
狹。……緣其表長度，故制又為表示單位之名，與言匹言段言
兩言純為類。……如制之本義不為裁衣而為裁制之通言，則諸
經注諸子所稱制字之義不得其源，用字輾轉引申之跡無由獲見
也。(《論叢・說制》)

臣之所以受義於牽者，蓋臣本俘虜之稱。……蓋囚俘人數不
一，引之者必以繩索牽之，名其事則曰牽，名其所牽之人則曰
臣矣。[9](《論叢・臣牽解》)

也，囪也，囧也，寮也，皆具體之物也。誩也，聰也，朙也，
憭也，皆抽象之物也。由此可知抽象之義，往往從具體之物來
也。(《述林・釋誩》)

秝孶乳為曆，為歷，皆有分離之義，稀疏與分離義相因也。
(《述林・釋秝》)

大抵物之受名，不以其德，則以其業，而業又有施受之殊。
者，主撞之器也；鐘者，見撞之器也。其用雖殊，受名於撞則
一也。(《述林・釋》)

按獸下肉垂謂之胡，引申之，人頸在下，亦謂之胡……因而凡
物之下垂者皆謂之胡。(《述林・釋胡》)

囪有通空，故引申有通義。(《述林・釋》)

---

9 何九盈先生批評楊氏說：「訓臣為牽，的確是聲訓，而這種聲訓是不可信的。臣之
   為字並非取義於牽，而是取義於形。郭沫若認為『臣象一豎目之形，人首俯則目
   豎，所以『象屈服之形』者，殆以此也』，其說可從。」(何九盈：《中國現代語言
   學史》，廣州市：廣東教育出版社，2005年，頁517。) 今按：郭氏求之於形，而楊
   氏求之於聲，角度不同，兩說並不矛盾。何氏自己說過：「語根是因聲求義，字原
   是審形考義，這是二者的根本區別。」(何九盈：《中國現代語言學史》，廣州市：
   廣東教育出版社，2005年，頁523。) 即使是同一個詞，可以因聲求其義，也可審
   形考其義。何氏失之於偏。

第六章
楊樹達的語法修辭觀及其在訓詁中的應用

　　高郵王氏的訓詁貢獻，概以兩端，一為「就古音以求古義，引申觸類，不限形體」；二為揭示了大量的語法規律和修辭條例，並將之應用於訓詁，而于虛詞訓詁尤精。楊氏對後者的繼承，不僅在於他寫了一批語法、修辭著作，還在於其訓詁中明確的語法修辭觀念。以語法修辭明訓詁成為楊氏訓詁的重要方法和顯著特點。

第一節　楊樹達的語法觀及其訓詁應用

一　楊氏的語法研究

　　楊氏早年研究語法，著有《中國語法綱要》（商務印書館，1928年版）、《高等國文法》（商務印書館，1930年版）、《詞詮》（商務印書館，1928年版）、《馬氏文通刊誤》（商務印書館，1931年版）、《中國文法學小史》（湖南大學講義，1942年）等語法著作。

　　《中國語法綱要》是為教學的目的、仿英語語法而寫的一部分析白話文語法結構的語法書。《高等國文法》在20世紀30年代影響很大，該書樹立了以劃分詞類為中心的文言語法體系，揭示了文言語法的一些規律，是一部博採眾長之作，即作者所雲：「是書上采劉淇、王引之、俞樾所著之說，同時人著作，於總論中頗采胡君以魯之說；

詞類各篇中頗采陳君慎侯、章君行嚴之說。」（《高等國文法・序例》）《詞詮》是《高等國文法》的姊妹篇，集《馬氏文通》以來虛詞研究之大成。該書開創了「以字為頭，以詞為綱，以義為目」的新體例，解釋虛詞472個，「取古書恒用之介詞、連詞、嘆詞及一部分之代名詞、內動詞、副詞之用法，加以說明，首別其詞類，次說明其義訓，終舉例說明之。」（《詞詮・序例》）《馬氏文通刊誤》校訂了《馬氏文通》文字訓詁、材料等方面的錯誤計368條，並以十端歸納「馬氏之失」：「一曰不明理論；二曰所見不瑩（即理論不徹底，作兩歧之論），致詞類與組織動搖不定；三曰強以外國文法律中文，失中文固有之神味；四曰不知古人省略；五曰強分無當（指對某些詞的用法強生分別）；六曰不識古文有錯綜變化，泥於詞位，誤加解釋；七曰誤認組織（句子成分分析不當）；八曰誤定詞類；九曰不明音韻故訓；十曰誤讀古書。」

綜觀楊氏的語法著作，有三個特點。一是脫胎于高郵王氏。王力先生《中國語言學史》雲：「他的語法著作，顯然是從高郵王氏那裡繼承了很多東西。《詞詮》等於一部『新經傳釋詞』。即以《高等國文法》而論，也等於拿一部『新經傳釋詞』進行一種新的排列法。」楊氏也自述說：「餘昔著《詞詮》十卷，意欲將從來所謂虛字之解釋作一總清算，每字分別其詞類，冀欲使人得系統之知識也。書中除一己心得外，採錄王氏之說最多。」[1]楊氏繼承的同時，也因襲了一些今天看來不準確的東西，比如，王引之《經傳釋詞》常說某虛詞「無義」，並於《經義述聞・語詞誤解以實義》雲：「經典之文，字各有義，而字之為語詞者則無義之可言，但以足句耳。」楊氏於是也因以

1　《中國文法學小史》，劉誠、王大年：《語法學》（長沙市：湖南人民出版社，1985年）。

「無義」二字來解釋一些虛詞；雖然有些「語詞」（虛詞）沒有實際的詞彙意義，但均有語法意義，「無義」太過簡略，忽視了對虛詞語法功能的解釋。

二是以訓詁見長。首先表現在其語法著作材料豐富，搜羅了大量的書證；其次是結合文法講虛詞，釋義精當，「對虛詞的解釋，一般地說，是能取王氏父子之長而舍其之短」，[2]即克服了清代人講虛詞只知其然而不知其所以然的弊病。因此，李佐豐先生說《高等國文法》「是一部以訓詁見長的語法書」、《詞詮》「成功地將訓詁學和語法學結合了起來」。[3]胡奇光先生乾脆把《詞詮》列為「現代訓詁學名著」。[4]

三是于語法體系建樹無多。楊氏留學日本時「喜讀歐西文字，于其文法，頗究心焉」。（《詞詮・序例》）他曾自述說：「而余之治中國文法也，資于歐洲文法者多。」[5]就語法體系而言，楊氏並沒有超越馬氏，也是拿英語語法來比附漢語。[6]所以邢公畹先生說：「它的成就，如其說在文法方面，不如說是在訓詁方面——一種受了西洋文法

2　王力：《中國語言學史》（太原市：山西人民出版社，1981年），頁179。

3　李佐豐：《二十世紀的古漢語語法學》，《二十世紀的中國語言學》（北京市：北京大學出版社，1998年）。

4　胡奇光：《中國小學史》（上海市：上海人民出版社，1987年），頁357。

5　楊樹達：《論叢・張彥超馬氏文通刊誤補序》（北京市：中華書局，1983年），頁257。

6　楊氏在《論叢・張彥超馬氏文通刊誤補序》中說：「文法學者，科學也；科學者，歐洲之特產也。一也。且文法導源於希臘，而流行於今日之歐洲，其治之也久，故其業精。二也。夫語言緣種族而不同，固也。然其不同者，語音也，語詞也，語次也，此節目之事也。若其組織分子之為名代動靜連助歎，大綱不能異也。吾之于歐洲文法也，借鏡也，非因襲也。其同者同之，其異者不必強而同之也。」但王力評價說：「總的說來，楊氏在語法體系上沒有什麼可取之處。凡是他與馬建忠違異的地方，往往也就是執著英語語法的地方。」（《中國語言學史》，頁179。）

影響的新訓詁學。」[7]。邢氏的評論是針對《高等國文法》而言，但用於總結楊氏的語法研究，也是很恰當的。

二　虛實交會──語法和訓詁

　　語義是內容，語法是形式，語義的表達要借助語法形式；因此，要揭示語義以訓詁，就要分析語法形式。傳統語言文字學沒有獨立的語法學科（《馬氏文通》以前），語法分析是包括在訓詁學之中的。楊樹達的語法著作，「從現代語法、文言語法和專著述評三方面豐富了由馬氏開始的早期語法研究的成果，助成了語法學的繁榮局面」。[8]不僅如此，楊氏在訓詁中亦有明確自覺的語法意識，他在例舉高郵王氏利用語法進行訓詁後評價說：

> 觀右諸條，知前人須增字為釋，或釋而結鞫難通者，王氏改釋之，則怡然渙然。此何故？以王氏有文法觀念故也。清以來解釋古書者多矣，而不能盡當人意如王氏者，坐不通文法耳。（《高等國文法・總論》）

楊氏甚至認為王氏父子取得成績的最重要原因是「注重文法」：

> 考王氏校釋諸經子史所以卓絕者，原因甚多，而其注意文法，則其最重要者也。今分「明句例」、「審詞氣」二事述之。……蓋王氏父子文法觀念之深，確為古人所未有，故其說多犁然有

7　邢公畹：《中國文法研究之進展──〈馬氏文通〉成書的五十年紀念》，《國學月刊》1947年第59期

8　王玉堂：《遇夫先生對語法學之貢獻》，《楊樹達誕辰百周年紀念集》，頁168至178。

當于人心也。(《中國文法學小史》,載劉誠、王大年《語法學》,湖南人民出版社,1985 年)

同時,楊氏認為治文法同樣不能忽視訓詁。據王玉堂分析,楊氏批評馬建忠由於不明訓詁而造成語法說解上的錯誤,約有五端:一是不明古詞古義,誤解語法意義;二是不知古代事實,誤說語句結構;三是不審文情,莫辨同異;四是忽視行文慣例,誤解慣用詞語;五是不循故訓,憑虛曲說。[9]

可見,楊氏虛實交會,訓詁、語法並重。他曾多次論述二者的關係:

> 治國學者必明訓詁,通文法。近則益覺此二事相須之重要焉。蓋明訓詁而不通文法,其訓詁之學必不精;通文法而不明訓詁,則其文法之學亦必不至也。(《高等國文法‧序例》)
>
> 凡讀書者有二事焉:一曰明訓詁,二曰通文法。訓詁治其實,文法求其虛。清儒善說經者,首推高郵王氏。其所著書,如《廣雅疏證》,征實之事也;《經傳釋詞》,搗虛之事也。其《讀書雜誌》、《經義述聞》,則交會虛實而成者也。(《詞詮‧序例》)
>
> 餘生平持論,謂讀古書當通訓詁,審詞氣,二者如車之兩輪,不可或缺。通訓詁者,昔人所謂小學也;審詞氣者,今人所謂文法之學也。漢儒精於訓詁,而疏於審詞氣;宋儒頗費用心於詞氣矣,而忽于訓詁,讀者兩慊焉。有清中葉,阮芸台、王懷祖、伯申諸公出,兼能二者,而王氏為卓絕。(《曾星笠〈尚書正讀〉序》)

---

9 王玉堂:《遇夫先生對語法學的貢獻》,《楊樹達誕辰百周年紀念集》,頁175至177。

《詩‧檜風‧匪風》雲：「匪風發兮，匪車偈兮。」……王引之讀「匪」為「彼」，其說確當不可易矣。……此《詩》文王氏讀匪為彼，屬於文法者也；餘讀發為冹，讀偈為鞨，屬於訓詁者也。二事明，則古書無不可讀者矣。（《論叢‧詩匪風發兮匪車偈兮解》）

三 楊樹達運用文法訓詁例舉[10]

（一）詞法明義

1 辨詞性

名詞：

《說文‧四篇‧死部》：「死，澌也，人所離也。從歺，從人。」自來說者皆以死為生死之死，認為動字，其實非也。今按死為名字，謂屍體也。（《論叢‧釋死》）

動詞：

物自起為起，內動字也；舉物使起亦為起，外動字也。興之訓起，以字形核之，當為外動舉物使起之義。（《述林‧釋興》）
《說文‧三篇下‧菌部》雲：「卦，筮也，從菌，圭聲。」按許君以筮訓卦，于文法卦本動字也。（《述林‧釋卦》）

---

10 關於楊樹達利用語法訓詁的研究論文，有周秉鈞《〈漢書窺管〉文法為訓釋例》（載《楊樹達誕辰百周年紀念集》）、孫良明《談楊樹達〈漢書窺管〉「句式類比」語法分析法——兼說我國古代語法學一傳統分析法》（《語言研究》，2005年第2期）。

與父老約：法三章耳。（二十上）樹達按：約當訓要約約束之約，是動字。何氏視約為苛之對文，說非是。如何說，此句無動字矣。（《漢書窺管・高帝紀第一上》）

形容詞：

《小雅・吉日三章》雲：「瞻彼中原，其祁孔有，儦儦俟俟，或群或友。」……鄭箋雲：「祁，當作麎。麎，麋牝也。中原之野甚有之。」按鄭釋孔有為甚有之，殊不可通。愚謂：其祁孔有，謂其祁甚多也。故下文雲或群或友，正以其多故也。凡《詩》雲孔者，其下必為靜字。如《汝墳》雲：「父母孔邇。」《東山》雲：「其新孔嘉。」……皆其例也。（《述林・詩旨且有解》）

虛詞：

上文雲：「慈惠所愛，美若休德。」蕩侯休德，猶言美若休德，侯若皆語詞矣。（《論叢・詩亶侯多藏解》）
獨恐未有雲補。（六上）樹達按：《昭帝紀》雲：「通保傅傳《孝經》《論運》《尚書》，未雲有明。」與此雲字皆句中助詞。（《漢書窺管》卷八）

兼類（名、動）：

許君訓櫌為薅器者，薅為拔去田草，即芸草也。古人名動往往同辭，許君以字從木，或從金，故主以器官，而《易》、

《禮》、《孟子》注則指言其事也。必知辱為耨之初字也。《說文・一篇下・艸部》雲:「荒,蕪也。」蕪謂之荒,墾治蕪穢亦謂之荒,古名動同辭之通例也。(《述林・詩周頌天作篇釋》)

《說文・水部》:「測,深所至也。從水,則聲。」按測有二義:一為動字,一為名字。許訓深所至,亦兼二義言之。《淮南子・原道篇》注雲:「度深曰測。」此動字義也。動字義而說解雲深所至者。……測又得名字義者,測從則聲,則有準則法則之義。……今人於測第用動字而不知其為名,於深第用為靜字而不知其為動,古人名動相因,動靜亦相因,語本同源,初無二義,特其為異耳。(《論叢・說測》)

詞性轉化（文字孳乳）:
名字（施事）轉化為動字:

能動孳乳者,主孳之字為名字,而所孳之字為助字,此動字所表之動作,示名字之習慣作用或動作也。(《述林・文字孳乳之一斑》)

名字（受事）轉化為動字:

受動孳乳者,一名字,一動字,與能動孳乳同,其與彼異者,彼名字為動作之主體,此名字為動作之物件耳。(《述林・文字孳乳之一斑》)

狀字轉化為名字:

狀名孳乳者，主孳之字為狀字，通言形容詞被孳乳之字為名字也。（《述林・文字孳乳之一斑》）

動字轉化為名字：

動名孳乳者，主孳之字為動字，被孳之字為名字也。（《述林・文字孳乳之一斑》）

2　明詞類活用

名詞作狀語：

乃閉門城守。（八上）師古曰：城守者，守其城也。樹達按：守城不得倒雲城守。城守者，謂於城上為守者。此與「郊迎」「家居」「庭說」文例相同。下文射帛城上，其明證也。（《漢書窺管》卷一）

使動用法：

王至掩耳起走，曰：郎中令善媿人。師古曰：媿古愧字。愧，辱也。樹達按：媿人謂使人媿，《顏注》非。（《漢書窺管》卷九）

名詞用作動詞：

（《詩》）六章雲：「虎拜稽首，對揚王休，作召公考，天子萬壽。」……《追》雲：「追虘夙夕恤厥死事，天子多錫追

休。」夫休而雲錫，且雲多錫，若休為美義，如何可錫，又何多少之可言乎！惟休為賜與，古人名動相因，故賜與之物亦可謂之休也。(《述林‧詩對揚王休解》)

(二)句法明義

1 被動

《韓非子‧顯學篇》曰：「共工之戰，鐵銛短者及乎敵，鎧甲不堅者傷乎體。」及乎敵謂為敵所及也。(《論叢‧釋鑱》)
季主家上書人又殺闕下。(五下)師古曰：于闕下殺上書人。樹達按：此謂上書人見殺于闕下。(《漢書窺管》卷十)「人主莫不欲其臣之忠而忠未必信（十四之卅四下）」樹達按：「信」謂「見信」。下文「孝未必愛」，愛亦謂見愛。(《積微居讀書記‧讀呂氏春秋劄記》)

2 省略

《漢書‧高帝紀》雲：「陳平亡楚來降。」《韓信傳》雲：「信亡楚歸漢。」「亡楚」者，亡自楚也。又雲：「塞亡欣翟亡翳亡漢降楚。」「亡漢」，亡自漢也。此自字之見略者也。(《論叢‧與黃季剛書》)
而重臣之親或為列侯，皆令自置吏，得賦斂，女子，公主。(二十二上)先謙曰：女子下公主上當有為，疑誤倒在下文。樹達按：為字承上文列侯之為字省去，王說非。(《漢書窺管》卷十)

3 搭配

《漢書‧何武傳》記武行必顯即學官諸生，《後漢書‧魯丕

傳》記趙王商避疾，欲移住學官，《鄭玄傳》記玄常詣學官，《郭太傳》記太勸庾乘遊學官，《黃昌傳》記常居近學官，高誘注《呂氏春秋·孟春紀》之入學為學官。夫雲即，雲住，雲詣，雲遊，雲居近，雲入，明學官指地不指人也。(《論叢·釋官》)

今按：即、住、遊、居近、入皆為動詞，且只和處所名詞搭配，故「學官指地不指人」。

4 句式類比[11]

《詩·大雅·烝民》雲：「袞職有闕，惟仲山甫補之。」……今謂：職者，適也，乍也。……《韓非子·內儲說》曰：「王適有言，必亟聽從。」又曰：「秦侏儒善於荊王左右，荊適有謀，侏儒常先聞之。」袞職有闕，與「王適有言」、「荊適有謀」，句例同也。(《述林·詩袞職有闕解》)

(《詩》)六章雲：「虎拜稽首，對揚王休，作召公考，天子萬壽。」……《省卣》雲：「甲寅，子商小子省貝五朋。省揚君商，用作父己寶彝。」《守宮尊》雲：「王在周，周師光守宮事，(儼鹿)周師丕否。錫守宮絲束，苴幕五，苴幃二，馬匹，麤布三，△△三，琭朋。守宮對揚周師釐，用作祖己尊。」按商與賞同，釐與賚同，省揚君賞，守宮對揚周師釐，與對揚王休句例無異。賞釐皆賜與之義，知休亦賜與之義也。(《述林·詩對揚王休解》)

---

11 孫良明先生〈談楊樹達〈漢書窺管〉「句式類比」語法分析法——兼說我國古代語法學一傳統分析法〉一文列有楊氏《漢書窺管》「句式類比」訓詁30例。

以（五）疑問代名詞假借為「台」，何也。……於以采蘩？于
沼於沚。於以用之？公侯之事。於以采蘩？於澗之中。於以用
之？公侯之宮。《詩・召南・采蘩》於以采蘋？南澗之濱。於
以采藻？於彼行潦。于以盛之？維筐及筥。於以湘之？維錡及
釜。於以奠之？宗室牖下。誰其屍之？有齊季女。又《采蘋》
爰居爰處，爰喪其馬，於以求之？于林之下。又《邶風・擊
鼓》。（《詞詮・卷七・以》）

今按：張世祿雲：《詞詮》、《高等國文法》、《古書疑義舉例續
補》中釋「於以采蘩」等句裡的「於以」為於何，一方面根據「夏罪
其如台」的台就是何的意義，一方面就「於何從祿」等句式的比照斷
定就是「於何」。[12]

第二節　楊樹達的修辭觀及其訓詁應用

一　楊樹達的修辭研究

楊樹達在漢語修辭方面的著作有《古書疑義舉例續補》（兩卷，
家刻本，1924年）、《中國修辭學》（世界書局，1933年版，增訂後更
名為《漢文文言修辭學》，科學出版社，1954年版）、《古書句讀釋例》
（商務印書館，1934年版）。

《古書疑義舉例續補》仿清俞樾《古書疑義舉例》的體例和方
法，意在修辭和校勘方面對俞書進行補正，是一部論證古人措辭構句

通則的文言修辭學著作。章太炎先生稱讚該書「用心亦審。所論《管子》唯毌字義，謂為下句省文，足規高郵之過」；于省吾先生則謂「精湛透闢，是俞書不及也」。[13]《中國修辭學》（《漢文言修辭學》）是系統研究漢語文言修辭學的專著。該書立足漢語實際，運用歸納法和比較法，把修辭和語言三要素（語音、詞彙和語法）結合在一起，建立了具有民族特色的古漢語修辭學體系。郭紹虞先生認為《中國修辭學》「辟一新途徑，樹一新楷模」。[14]《古書句讀釋例》針對古書斷句中存在的各種問題，分誤讀的類型、貽害、原因、特例等幾個方面進行歸納、舉例、評述，是一部頗具價值的修辭學著作。

　　楊氏的修辭學貢獻，一是堅持民族特色和漢語實際，既繼承了傳統修辭研究的精華，又有自己的開創性見解，建立了古漢語修辭學體系。正如秦旭卿先生所說：「書中所列的章目，象合敘、連及（私名連及、工名連及、事名連及、物名連及）、錯綜（姓與名錯舉、姓與字錯舉、姓與國錯舉）、顛倒（趁韻顛倒）等，就知道這些純粹是基於中國的典章文物制度和語言文字的特點建立的。」[15]二是為建立修辭學學科奠基。楊氏寫《續補》時就欲令修辭學「成專科之學」（《中國修辭學・自序》）；他在《中國修辭學・自序》中認為修辭和語法不同：「修辭之事，乃欲冀文辭之美，與治文法惟求達者殊科」；又反對抄襲外國：「況在華夏，曆古以尚文為治，而謂其修辭之術與歐洲為一源，不亦誣乎？昧者取彼族之所為一一襲之，彼之所有，則我必具，彼之所缺，則我不能獨有，其貶己媚人，不已甚乎！」他的《古書疑義舉例續補》是「傳統的語文學過渡到科學修辭學的橋樑」，《中

13　章、於評論見《積微翁回憶錄》，1925年6月1日日記。

14　郭紹虞：《修辭剖析》，《修辭學研究》（第1期），華東師範大學出版社1983年版。

15　秦旭卿：《簡論楊樹達先生的〈漢文言修辭學〉》，《修辭學論文集》（第一集）（福州市：福建人民出版社，1983年）。

國修辭學》是「傳統的語文學向現代科學語言學飛躍的標誌」。[16]因此，楊氏的創造性成果，使古漢語修辭研究擺脫了作為經學的附庸地位，並發展成一門獨立的學科。

二　楊樹達運用修辭訓詁例舉

語義的表達要考慮修辭的需要，因此訓詁也需要借重修辭。楊氏不僅研究修辭，還重視修辭在訓詁中的作用，如他的《中國修辭學》第二章專門論述「修辭之重要」，分「修辭之益」和「不修辭之害」正反兩方面加以舉例說明。楊氏用修辭的觀念解決了很多訓詁問題，今僅以對文、連文、互文、變文等四端舉例明之。

（一）對文明義

「對文」是修辭形式，但語義相關，系傳統訓詁學術語之一。漢代鄭玄等訓詁大家已注意到對文現象，但明確提出「對文」這一術語，並以之進行訓詁，當始于唐代訓詁大師孔穎達之《五經正義》；嗣後李善、洪邁等亦常用對文以訓詁；時至清代，乾嘉大師段玉裁、王氏父子、俞樾等從理論的高度利用對文（如王引之《經義述聞》雲：「經文數句平列，義多相類」），解決了大量的訓詁、校勘問題，而其中成就卓絕者，首推高郵王氏。楊樹達亦有大量利用對文進行訓詁之例。

1 明相同（近）義

《墨子・非攻・中篇》雲：「禹既至，克有三苗，焉磨為山

---

16 秦旭卿：《再論楊樹達的〈中國修辭學〉》，《楊樹達誕辰百周年紀念集》，頁179至190頁。

川，別物上下。」曆、別為對文，曆亦別也。（《述林・釋
櫪》）

《禮記・曲禮上篇》曰：「鄰有喪，舂不相；里有殯，不巷
歌。」按此文以相與歌為對文，知相與歌義近，故鄭君雲從杵
省，是也。（《述林・釋許》）

《詩・大雅・皇矣篇》雲：「帝作邦作對」，以對與邦並言，對
義當與邦近。（《述林・釋對》）

《書・君奭》雲：「殷既墜厥命，我有周既受，我不敢知曰：
厥基永孚於休，若無棐忱；我亦不敢知曰：其終出於不
祥。」……又《召誥》雲：「我不敢知曰：有夏服天命，惟有
歷年；我不敢知曰，不其延。惟不敬厥德，乃早墜厥命。我不
敢知曰：有殷受天命，惟有歷年；我不敢知曰，不其延。惟不
敬厥德，乃早墜厥命。」……《君奭》以「永孚於休」與「終
出不祥」為對文，《召誥》以「惟有歷年」與「不延」為對
文，文義正同。（《論叢・書盤庚罔知天之斷命解》）

《莊子・秋水篇》：「以道觀之，何貴何賤，是謂反衍；無拘而
志，與道大蹇。何少何多，是謂謝施；無一而行，與道參
差。」《釋文》引司馬彪注雲：「謝，代也；施，用也。」案
「反衍」舊注釋為「漫衍」，為疊韻連語。「謝施」與「反衍」
為對文，亦當為連語，不當分字釋之如司馬彪之說。（《論叢・
莊子謝施說》）

《吳越春秋・勾踐二十一年》：「吾愛士，雖吾子不能過也；及
其犯誅，自吾子亦不能脫也。」以「自」與「雖」為對文，自
為雖義明矣。（《古書疑義舉例續補・「自」作「雖」義用例》）

「如秦者立而至有車也適越者坐而至有舟也秦越遠塗也竳立安
坐而至者因其械也（十五之廿八下）」樹達按：「竳立」與「安

坐」為對文。「竫」亦「安」也。《說文・立部》雲：「竫亭安
也」，是也。（《積微居讀書記・貴因篇》）

古文服子皆用為職事之義……又《蕩》雲：「曾是在位，曾是
在服。」在服即在職也。職位義近，故與在位為對文也。（《述
林・釋服》）

2 明相反（對）義

（《說文》）引司馬法曰：「善者忻民之善，閉民之惡。」……
尋司馬法忻與閉對言，實開與閉對言也。[17]（《論叢・釋聽》）

《釋文・韓詩》雲：「直車曰前，瞿曰苙苣。」瞿言其橫生四
布，故與直為對文。（《述林・釋衢》）

《韓非子・觀行篇》雲：「董安於之性緩，故佩弦以自急」，此
弦有急義之切證也。（《述林・釋弦》）

居聲字有直義，往往與曲義之句對言。《禮記・樂記》雲：「倨
中矩，句中鉤。」《大戴禮記・曾子立事篇》雲：「與其倨也，
寧句。」《考工記・冶氏》雲：「已倨則不入，已句則不決。」
此皆以倨句對文。（《述林・釋脮》）

愚謂窕之訓閒，尚有寬閒一義。……《大戴禮・王言篇》雲：
「布諸天下而不窕，內諸尋常之室而不塞。」《管子・審合
篇》雲：「其處大也不窕，其入小也不塞。」《墨子・尚賢篇》
雲：「大用之天下則不窕，小用之則不困。」《荀子・賦篇》
雲：「充盈大宇而不窕，入郤穴而不逼。」……凡諸書言窕，
與塞困逼諸語為對文，言滔窕與狹隘為對文，塞困逼狹隘，皆
寬閒之反也，則窕謂寬閒明矣。（《論叢・爾雅窕閒說》）

---

17 今按：楊氏利用對文說明斤聲之忻有開義。

古人又恒以經權為對文，其義可得聞乎？曰：經亦言直，權則言其曲也。（《論叢·釋晚》）

「餯民數創於惡吏」樹達案：《說文》雲：「睩，目睩謹也。」「逯，行謹逯也。」從錄聲之字多含謹善之義。故《廣雅釋詁》「祿」、「睩」二字並訓「善」。此雲「餯民」，與「惡吏」對文，蓋謂謹善之民也。（《鹽鐵論要釋·未通第十五》）

此皆以家室對文，家指夫言，室指妻言者也……夫稱家與妻稱室對文，則嫁字所從之家正指夫言。（《論叢·釋嫁》）

《淮南子·道應篇》：「毛物牝牡不能知，又何馬之能知！」……按文雲物牝牡弗能知者，毛謂純色，物謂雜色。蓋牝牡對文，毛物亦對文也。……《淮南》亦物與毛為對文，猶《周禮》以尨與毛為對文也。（《述林·釋物》）

按《呂氏春秋·君守篇》雲：「中欲不出謂之扃，外欲不入謂之閉。」按扃為外閉，居中者不能出，故《呂》雲中欲不出謂之扃。《呂》以閉與扃為對文，而雲外欲不入謂之閉，知閉為從門內閉之也。（《述林·釋開闢閉》）

3 明相類（關）義

《周禮·秋官士師》雲：「士師掌國之五禁之法：一曰宮禁，二曰官禁，三曰國禁，四曰野禁，五曰軍禁。」以官與宮、國、野、軍為對文。故鄭注雲：「官，官府，」是也。此官指地非指人之證一也。《禮記·曲禮下篇雲》雲：「在官言官，在庫言庫，在朝言朝。」以官與庫、朝為對文。故鄭注雲：「官謂版圖文書之處，」是也。此官指地非指人之證二也。有《玉藻》雲：「凡君召，在官不俟屨，在外不俟車。」以官與外為對文。故鄭注雲：「官謂朝廷治事處」，事也。此官指地非指人

之證三也。(《論叢·釋官》)

《禮記·明堂位》曰:「有虞氏之兩敦,夏後氏之四連,殷之六瑚,周之八簋」亦以瑚簋為對文。(《述林·釋簋》)

《呂氏春秋·春紀圓道篇》雲:「日,日夜一周,圓道也;月,纏二十八宿,軫與角屬,圓道也;精,行四時,一上一下,各與遇,圓道也。」按此文以精與日月為對文,精謂星也。(《述林·釋晶》)

蓋舅之為久為舊,猶姑之為古為故也,舅姑為對文,猶《釋名》之以久故為連文矣。《論語·微子篇》曰:「故舊無大敵,則不棄也」,以故舊為連文,猶親族名之以舅姑為對文矣。(《述林·釋姑》)

(二) 連文證義

同義詞連用可以增強氣勢或協調音節,即「同義連文」,是古人常用的一種修辭方法。王念孫又稱為「複語」、「連言」。「同義連文」在訓詁中也有應用,王念孫《讀書雜誌·史記第四》雲:「古人訓詁,不避重複。往往有平列二字,上下同義者,解者分為二義,反失其指。」[18]楊氏亦有很多利用連文訓詁之例,舉例如下:

《禮記·禮運篇》雲:「夏則居橧巢。」以橧與巢並言,皆在上之物。(《論叢·釋贈》)(今按:《廣雅》:「橧,巢也。」「橧」「巢」同義連文,巢「上」義顯見,橧「上」義亦得見。「橧」「巢」連文者又見《淮南子·原道訓》「木處榛巢」。

---

18 王念孫說的「平列二字」、「上下同義」還可指連綿詞,即《讀書雜誌·漢書十六》雲:「凡連語之字,皆上下同義,不可分訓。說者望文生義,往往穿鑿而失其本指。」這裡所謂「連文」,不含王氏所言連綿詞。

王念孫《讀書雜誌》雲：「榛，當讀為檜。」）

《左傳·僖公二十六年》雲：「昔周公、太公股肱周室，夾輔成王。」夾、輔義同，故古人連言之。（《論叢·釋頰》）

（今按：「夾」聲具有「兩旁、左右」義，夾、輔同義連文，從而說明甫聲字、輔、髆等亦具「旁」義。）

經傳恒以旅力連言……旅力二者皆骨骼之名。《說文》七篇呂部雲：「呂，脊骨也。象形。」或作膂。經傳之旅乃膂之省。力則脅骨也。人體幹骨為脊，由脊分張前曲為肋，二體相屬，故古人以旅力連言。（《論叢·釋力劦》）

耦與曹同義，故古書恒連言曹耦，或言曹偶。（《論叢·釋遇》）

《韓非子·五蠹》雲：「雖臣虜之勞，不苦於此矣。」臣虜同義，故古人連用矣。（《論叢·字義同緣於語源同例證》）

鋒、鏑義近，故古人往往連言之。《史記·秦楚之際月表》雲：「銷鋒鏑」是其例也。（《論叢·字義同緣於語源同例證》）

按邪施連文，施亦邪也。（《述林·釋》）

故簠字經典或作胡，或作瑚。《左傳》之以胡簋為連文，猶《周禮·舍人》之以簠簋為連文也。（《述林·釋簠》）

《後漢書·馮衍傳》雲：「聞至言而曉領兮。」以曉、領為連文，今語猶稱瞭解為領會也。（《述林·釋梓》）

通語以聰明為連文，明字本訓，從月，從囧，囧讀若獷。賈侍中說：「囧讀與明同。」以或作、盟證之，則賈說良信。若是，則朚字實從囧聲，囧為窗麗廔闓明，朚從囧聲，此猶聰之受聲義於囪矣。（《述林·釋梓》）

古連文之字多同義。《詩·小雅·祁父》雲：「胡轉予於恤，靡所底止。」底止連言，猶氐沚二文同義也。（《述林·釋氐》）

《大戴禮記・五帝・德篇》雲：「曆離日月星辰。」曆、離連文，曆亦離也。(《述林・釋櫪》)

古書恒以琬琰連文，《典瑞》雲：「琬圭以治德，以結好，」與琰圭之以易行除慝者事正相反。……琰所以與琬為相反之義者，本於其形，則琰所以受名之故從可知。(《述林・釋琰》)

申、束義同，故古人恒以連文。《韓非子・外儲說左上篇》雲：「書曰：紳之束之。宋人有治者，因重帶自申束也。」(《述林・釋紳》)

《釋名・釋姿容》雲：「牽，弦也，使弦急也」；弦有急義，故成國以弦急連文也。(《述林・釋弦》)

《周禮・秋官・士師》曰：「掌國之五禁之法，以左右刑罰。」左右義皆為助。此二字連文皆用本義者也。(《述林・釋又》)

《孝經》曰：「是以天下和平，災害不生。」《禮記・大學》曰：「小人之使為國家，菑害並生。」災亦為害，故古人以之與害並言矣。(《述林・釋烖》)

許君一再言麗廔，而廔從婁聲，《說文》婁訓空。若麗則《說文》訓旅行，通言綺麗美麗，皆與廔不相會。惟麗為之假字，則為孔而廔為空，麗廔同義，故以為連文。(《述林・釋》)

啚者，鄙之初文也……《呂氏春秋・形論篇》雲：「是以宋為野鄙也，」野鄙連言，鄙亦野也。(《述林・釋啚》)

絺為細葛，故希字從巾。絺綌義近，古多連言，綌字或作，從巾，是其比也。(《述林・釋希》)

余謂希蓋即絺之初文……爻象窗交木之形。希為細葛，為窗，其字皆從爻。古人皆恒言稀疏，即希也。此征之連文之字可證者四也。《述林・釋希》餘謂徵字當以徵兆為本義。……《晏

子春秋・雜下篇》曰：「……子亦有徵兆之見乎？……」《素
問・天元紀大論篇》曰：「陰陽之徵兆也。」徵兆連文，徵亦
兆也。（《述林・釋徵》）

扳實反之後起加旁字。知者，以義言之，何休訓扳為引，《莊
子》及《禮記鄭注》並以扳援連文，扳引扳援與反字形體相
合。（《述林・釋反》）

獸字經傳以音近多作畜，《左傳・桓公六年》雲：「名子不以畜
牲」，此以畜牲連言也；《後漢書・劉寬傳》記寬客罵蒼頭之言
曰：「畜產！」（省作產。）此以畜連言者也。（《述林・釋
獸》）

以愚考之，藏當以藏獲為本義也。《楚辭・哀時命》雲：「釋管
晏而任藏獲兮。」《荀子・王霸篇》雲：「大有天下，小有一
國，必自為之然後可，如是，則雖藏獲不肯與天子易勢業。」
太史公《報任少卿書》雲：「且夫藏獲婢妾猶能引決。」按藏
為戰敗屈服之人，猶言戰時所獲，《荀子注》雲：「擒得謂之
獲」，是也。二字義同，故古人連用也。（《述林・釋藏》）

《說文・八篇上・人部》雲：「似，象肖也，從人，以聲。」
按此據小徐本，大徐本止雲象也，……似肖為通訓，肖字當
有，大徐奪去，非也。象肖二字同義連文，象當讀如唐人詩
「生兒不象賢」之象。（《述林・釋似》）

《竹部》又雲：「，篤也，從竹子，屯聲。」按篤二文同義。
《淮南子・精神篇》雲：「守其篤，」此二文連用。（《述林・
釋篤》）

《足部》又雲：「，步行獵跋也，從足，貝聲。」……《詩・
豳風・狼跋篇》雲：「狼跋其胡。」《毛傳》雲：「跋，躐也。」
毛公以躐釋跋，猶許君以躐跋為連文也。（《述林・釋步》）

郭注雲：「相延易。」易與延同義，故鄭以易與延解施，郭以延易為連文也。（《述林・造字時有通借證》）

經以「草竊奸宄」連文，「奸」「宄」義近，「草」與「竊」義亦當相近。又《盤庚上篇》雲：「乃敗禍奸宄以自災與厥身。」彼文「敗」與「禍」義近，則此文「草」與「竊」義亦當相近。（《論叢・書微子草竊奸宄解》）

按俊傑連文，不宜單釋傑而舍俊不言，明此有脫文。《呂覽注》雲：「千人為俊，萬人為傑。」則此注千人之下脫「為俊萬人」四字明矣。（《論叢・讀劉叔雅君淮南鴻烈集解》）

《大保》雲：「王△大保，錫休餘土。」休與錫同義，古二字為連文。（《述林・詩對揚王休解》）

《左傳・昭公七年》雲：「楚子享公於新台，好以大屈。」好以大屈者，賂以大屈也。《周禮・天官》：「凡王之好賜肉修，則饔人共之。」好賜連言，好以賜也。（《述林・詩對揚王休解》）

《陳忠傳》雲：「狂易殺人，得減重論。」按易與狂義近，故古人恒以狂易連文。《吳語》：「稱疾辟易。」韋昭雲：「辟易，狂疾。」《韓非子・內儲說下》雲：「公惑易也。」前書「王子侯表樂平侯鱓病狂易。」又《外戚傳》雲：「張由素有狂易病。」皆是。而李注乃雲：「狂易謂狂而易性。」誤釋易為變易之易。（《論叢・讀王葵園先生後漢書集解》）

（三）互文為訓

互文是指在某些結構相同或基本相同的句子或片語裡，處於對應位置的詞，彼此可以相互解釋。簡單地說，就是上文裡省了在下文出現的詞，下文裡省了在上文出現的詞，參互成文，合而見義，即俞樾

所謂「參互見義」；楊樹達謂之「參互言之以相備耳」。互文是一種修辭方法，如果利用互文根據已知的詞去理解未知的詞，就可以成為一種訓詁方法，即「互文為訓」。如：

《易‧說卦》雲：雷以動之，風以散之，雨以潤之，日以烜之，艮以止之，兌以說之，乾以君之，坤以藏之。樹達按：顧炎武《日知錄》卷二雲：上四舉象，下四舉卦，各以其切於用者言之也。樹達按：此參互言之以相備耳，顧說非是。(《中國修辭學‧參互》)（今按：《易‧說卦》下八句以「互備」修辭，不能「各以其用者言之」，顧說非，楊說是。孔穎達於以上八句下疏亦曰：「此一節總明八卦養物之功。上四舉象，下四舉卦者，王肅雲：『互相備也，明雷雨與震巽同用，乾坤與天地通用也。』」）

《左傳‧成公二年》雲：「公曾晉師於上鄗，賜三帥先路三命之服，司馬，司空，輿帥，候正，亞旅皆受一命之服。」樹達按：孔穎達《正義》雲。于卿言賜，于大夫言受，互相足也。(《中國修辭學‧參互》)

《禮記玉藻》篇雲：天子……皮弁以日視朝，遂以食，日中而餕，諸侯……朝服以食，特牲三俎祭肺，夕深衣祭牢肉。樹達按：鄭注雲：天子言日中，亦有夕；天子言餕，諸侯雖祭牢肉，互相挾。樹達按：天子諸侯皆日三食、天子雖止言日中，亦有夕食；諸侯雖第言夕，日中亦有食。天子言餕，知諸侯亦餕；諸侯言祭牢肉，知天子亦祭牢肉，故雲互相挾也。(《中國修辭學‧參互》)

《左傳‧隱西元年》雲：「公入而賦：『大隧之中，其樂也融融。』薑出而賦：『大隧之外，其樂也洩洩。』」樹達按：孔疏

引服虔雲：入言公，出言薑，明俱出入，互相見。（《中國修辭學・參互》）

楊氏還用「互文」揭示不同部分內容互相補充，如：

立秦三將，章邯為雍王，都廢丘。（二十七上）樹達按：《項籍傳》詳敘諸將見封之由及其所王之地，而不及所都；此則著其都之所在，而不及其他二事。此互文見義之例，古史家文約旨博之遺法也。（《漢書窺管・高帝紀第一上》）

（四）變文見義

變文是指為了避免重複單調，在同一語言環境中有變化地使用同義詞的修辭現象。「變文」也是訓詁術語，由已知推未知，即「變文見義」。楊氏也有揭示變文以進行訓詁之例，如：

《效卣》雲：「王錫公貝五十朋，公錫厥涉子效王休貝廿朋。」文雲王休貝，即王賜公五十朋之貝也。……蓋王以貝五十朋賜效之父，而效之父，即于此五十朋之中分二十朋賜予其世子效也。上言王錫公貝，下言王休貝，明休即錫也。變錫為休者，以句中已有公錫之文，特變易以避複耳。（《述林・詩對揚王休解》）
有有豐義也。富豐皆謂多，然則三章之旨且有，猶一章之言旨且多也。詩人因韻變文，自有意義複疊之語耳。（《述林・詩旨且有解》）
能（六）承接連詞與「而」同。……或有忠能被害，或有孝而見殘。（崔駰《大理箴》）

按諸例皆「能」與「而」互用。(《詞詮》「能」字條)《(淮南子) 道應篇》雲：善治國家者，不變其故，不易其常。樹達按：變易同義。(《中國修辭學・變化》)

《左傳・成公十六年》雲：蹲甲而射之，徹七劄焉。樹達按：蹲，聚也。劄亦甲也，變文耳。《廣雅・釋詁四》雲：「劄，甲也。」(《中國修辭學・變化》)

中華文化思想叢書 A0100032

楊樹達訓詁研究　上冊

作　　　者	卞仁海
責任編輯	蔡雅如
發　行　人	陳滿銘
總　經　理	梁錦興
總　編　輯	陳滿銘
副總編輯	張晏瑞
編　輯　所	萬卷樓圖書股份有限公司
排　　　版	林曉敏
印　　　刷	百通科技股份有限公司
封面設計	斐類設計工作室

出　　　版　昌明文化有限公司

桃園市龜山區中原街 32 號

電話 (02)23216565

發　　　行　萬卷樓圖書股份有限公司

臺北市羅斯福路二段 41 號 6 樓之 3

電話 (02)23216565

傳真 (02)23218698

電郵 SERVICE@WANJUAN.COM.TW

大陸經銷

廈門外圖臺灣書店有限公司

電郵 JKB188@188.COM

ISBN 978-986-496-012-5

2017 年 7 月初版

定價：新臺幣 300 元

如何購買本書：

1. 劃撥購書，請透過以下郵政劃撥帳號：

帳號：15624015

戶名：萬卷樓圖書股份有限公司

2. 轉帳購書，請透過以下帳戶

合作金庫銀行　古亭分行

戶名：萬卷樓圖書股份有限公司

帳號：0877717092596

3. 網路購書，請透過萬卷樓網站

網址 WWW.WANJUAN.COM.TW

大量購書，請直接聯繫我們，將有專人為您

服務。客服：(02)23216565　分機 10

如有缺頁、破損或裝訂錯誤，請寄回更換

國家圖書館出版品預行編目資料

楊樹達訓詁研究 / 卞仁海著. -- 初版. -- 桃園
市：昌明文化出版；臺北市：萬卷樓發行,
2017.07　冊；　公分. -- (中華文化思想叢書)

ISBN 978-986-496-012-5(上冊：平裝).

1.訓詁學

802.1　　　　　　　　　　　106011171

本著作物經廈門墨客知識產權代理有限公司代理，由廣州中山大學出版社有限公司授
權萬卷樓圖書股份有限公司出版、發行中文繁體字版版權。